BARBARA NAZIRI

Aramesh Sternenlicht und Katzengold

mit Illustrationen von
SCHIRIN KHORRAM

P&L EDITION

1. Auflage

Satz/Layout: Martina Stolzmann
Covergestaltung: Martina Stolzmann
Titelmotiv und Grafiken: Schirin Khorram

Druck: CPI – Clausen & Bosse, Leck
Printed in Germany
ISBN 978-3-95669-145-4

www.bookspot.de

Ich widme dieses Buch all denjenigen, die mich zu meinen Gedichten inspiriert haben, nämlich den Liebenden, Warmherzigen, Friedfertigen, Unverzagten und Couragierten unserer Zeit, insbesondere Daryoush, der alles in sich vereint.

Liebe

Als ich über die Liebe schreiben wollte,
brach mein Stift und der Wind ergriff
das unbeschriebene Blatt …
Da hörte ich sein Wispern:
Über die Liebe schreibe nicht,
lebe sie!

Verzaubert

Du legst Wärme
in mein Lachen,
Leidenschaft
in meine Augen,
Verlangen um
meinen Mund und
in meinen Gang
die Freude auf Dich.

Berührst Du meine
Saiten, werde ich
zur Violine und
folge der Melodie
Deiner Stimme in die
Zärtlichkeit der Nacht,
gebettet im Zauber
aller Liebenden.

1994

Sei mein,

Geliebter!
Sei mir zugleich
Feuer und Wasser,
liegt doch im Feuer
die Kraft des Seins
und im Wasser
sein Schutz.

Wir

In welcher Sprache ich Dir schriebe,
ob Persisch, Deutsch, es ist doch gleich,
denn Liebe reimt sich nur auf Liebe,
sie füllt die Herzen, macht uns reich.

Sie ist der Inbegriff des Schönen!
Füll mir den Kelch mit rotem Wein,
lass heut ihr Lied für uns ertönen!
Komm, Liebster, schenk mir nochmal ein.

Du bist
der Baum, der meinen Schlaf beschattet,
ein Sturm, der Blut durch meine Adern hetzt,
ein Löwe, der niemals ermattet,
der Quell, der meine Rosenblätter netzt.

Ich bin
der See, in dem Du Dich bespiegelst,
ein Traum, der Deine Sehnsucht weckt,
Dein Brief, den Du mit Gold versiegelst,
Dein Honig, den die Zunge schmeckt.

Wärst Du ein Buch, läs' ich Dich mit Vergnügen
und küsste blätternd in Dir Blatt um Blatt,
die Liebe spricht aus allen deinen Zügen,
werd' nie an Dir ermüden, niemals satt.

Wir sind auf dieser Erde Schachfiguren,
die nur die Liebe auf dem Brett berührt,
sie schützt uns, pflanzt in unsere Herzen Spuren
und jeder Schritt zum Herz des anderen führt.

2000

Schattenspiele

Wer malt die Schatten auf den Sand,
die tanzend in der Sonne schweben?
Ach, könnte ich so unbeschwert
nur tanzen durch mein ganzes Leben.

An Deiner Seite

Die Zeit bahnt ihre Wege durch
Deine Haut, auf der ich
mit meiner Fingerkuppe
wandere, bis ich im Lächeln
Deiner Augenwinkel ankomme.

In Deinen Armen verschmelze
ich mit Dir, schlüpfe in Dein Herz,
vertraue dem Pfand Deiner
Worte und dem Schutz
Deines Atems.

Heiter baue ich Wolkenschlösser
im Bernstein Deiner Augen,
ungeduldig die Nacht
erwartend, die Kupplerin
der Entflammten.

Das innere Kind

Ich höre Geflüster, ein Wispern in mir,
ein Stimmchen, das mich leis ermahnt:
»Hast Du mich vergessen? Ich weile in Dir.
Sag, hast Du mich jemals erahnt?
Ich lebe in Dir mit den Wellen der Zeit,
bin im Strom Deines Lebens geschwommen,
Du nimmst mich nicht wahr, bist niemals bereit.
Gern wär' ich bei Dir angekommen.«

Ich schau in den Spiegel vergangener Jahre.
Mein Kindlein – auf ewig verschwunden?
Wo bleibt sie, die Liebe, die ich nicht erfahre?
Ach, hätt' ich mich nur überwunden!
Der Blick in die Augen verhindert das Wort,
weil ich nicht mehr auf mich zähle.
Wer bin ich? Wer war ich? Das Kind ging fort
und leer ist das Haus meiner Seele.

Bleibt mir nur die Trauer? Da tönt verhalten
in mir ein Klingen und Singen
mit leisen Worten: Du warst gespalten,
gemeinsam wird es gelingen.
Du hast Dich verleugnet. Was Du versteckst,
ist einfach ein klares Bekennen.
Ich werde Dich heilen, bis Du entdeckst,
wir beide sind nicht mehr zu trennen.

Für den Bildhauer Gerd Jörgens und seine Skulptur:
Das innere schlafende Kind, 2015

Aschengesang

Ich brannte,
um mich neu zu denken.
Beflügelt erhebe ich mich
aus den Flammen,
eingerieben mit der Asche
meiner Erinnerungen.

Meine Worte fließen in
der Vogelsprache, doch
werde ich kein Käfig sein.
Ich werde zum Nest.

Auf dem Flug zur Sonne
reinige ich mein Herz, wasche
es mit den Tränen der Liebe
und werde zum Kelch der
Glückseligkeit ...

Leichtfüßig tanze ich im
Kreise der Liebenden,
empfange das Licht, löse
die Fesseln meines Herzens,
entferne die Schlösser
und werde zum Schlüssel.

Magie

Umarme mich an der Pforte meiner
Träume, banne die Schatten einsamer
Stunden und liebkose mich mit der
Heiterkeit eines Sommertages.

Berühre meine Haut, lass sie entflammen
und baue ein Nest zwischen meine Schenkel,
pflücke Küsse von meinen Lippen,
bring sie zum Blühen.

Umkreise heute Nacht mein Lager.
Wir brauchen keinen Wein, um trunken
zu werden, gib mir Deinen Honig,
damit ich mich in Dir erkenne.

Flüstere meinen Namen, wenn unsere
Leiber zum Gesang der Liebe werden
und im wilden Tanz versinken, bis
Morgentau auf unserer Haut glänzt.

Was ist das für eine Nacht, in welcher
der Mond sich an die Sterne erinnert
und der Tag uns zwei Sonnen beschert?
Es ist die Zeit der Liebenden.

2012

Deine Hand

Sanft
liebkost mich
Deine Hand,
schenkt mir Kraft und
Geborgenheit.

Ich möchte mich
winzig klein machen,
um mich in diese Hand
hinein zu kuscheln,
mit dem Wissen, sie
wird mich niemals
fallenlassen oder
so fest halten, dass
sie mir den Atem raubt ...

1994

Scherben

Versunken
in den Scherben
meines Traumes,
den Blick verloren
im welken Laub der Zeit,
Erinnerungen,
gesponnen in
verwaiste Netze
auf der Suche
nach Deinen Händen.

Verheißung

Ich wünsche mir, in
den Kokon deiner
Einsamkeit zu schlüpfen,
damit Du den Schleier der
Fremdheit von meinem
Gesicht reißt.

Ich werde mich nicht
täuschen lassen von dem
Stacheldraht, der Dein Herz
umschließt und Dir ein
Gedicht hinein schreiben.

Öffne Deine Sinne
und siehe: Ich bin da,
damit die Flammen
Deines Blickes
meine Haut umfassen.

Schließe Deine Augen
und schmecke den Wein,
in den ich getaucht
Dein Prisma bin und
Dir mit den Farben der
Liebe begegne.

2012

Windworte

Wie ein Licht in dunkler Nacht
helltest Du mir manchen Traum,
hoffend bin ich aufgewacht,
doch uns trennten Zeit und Raum.

Die Gedanken sind geblieben,
doch die Wege gabeln sich,
Worte in den Sand geschrieben,
schon verweht der letzte Strich.

Mit dem Hauch des grauen Windes,
der den Frost des Abschieds trägt,
gleicht mein Lächeln dem des Kindes,
weil mein Herz doch für Dich schlägt.

Unsterblich

Meine Träume
sind Schmetterlinge der Zeit.
Wenn ich sie zu fangen
versuche, sterben sie.

Also forme ich
sie zu Gedichten und
verleihe ihnen Unsterblichkeit,
damit sie in Dir leben.

Die Botschaft

Asche bedeckt mein Herz,
in dem versteckt die Glut
der Liebe schlummert, unser
geheimes Nest der Geborgenheit,
Dich wärmend, wie
meine streichelnde Hand
nachts auf Deinen Schenkeln.

Wir sind frei wie der Wind, und
doch durch zärtliche Umarmungen
aneinander geschmiedet. Mit jedem
Pulsschlag singt mein Blut Deinen
Namen und im Gemach der Liebenden
sehe ich die Schönheit mit
geschlossenen Augen tanzen.

Weicht die Trauer grauen Schatten,
macht die Geliebte den Blinden sehend.
Berauscht vom Wein der Liebe
tanze ich hinter den Schleiern
zum Rhythmus meines Herzschlags.
Wie gern opfere ich meinen Verstand
dem Wandelstern der Liebenden.

2016

Die Stille

Von den Töchtern der Wehmut
liebe ich die Stille, welche
die Beredsamste ist.

Im Schweigen meiner Lippen
warten Küsse, wie reife
Trauben gepflückt zu werden.

Meine Gedanken trage ich zum Feuer
der Hingabe, lasse Flammenzungen
meine Schmerzen lecken.

Von den Töchtern der Wehmut
suche ich die Stille am Quell
versunkener Träume.

Tausend Jahre lang sprachen wir von
der Liebe, doch von der Liebe selbst
hörte ich nichts – außer Schweigen.

Lauschend im Takt meines Herzens,
spüre, fühle, bewahre ich …
Von allen Menschen waren die
Liebenden die Stillsten.

2014

Du

In die Pupille meines Auges
hat die Liebe mit zarter Hand
Dein Bild gezeichnet.

Deine Küsse wecken vergessene
Märchen in mir, lassen Rosen
auf meinen Lippen blühen.

Deine Hände weben mir ein Zelt
aus Geborgenheit, unter dem ich
behütet träume.

Mein Blut singt von Liebe. Hör doch!
Der Trommelschlag meines Herzens
hämmert Deinen Namen!

So wandern wir Hand in Hand durch
die geschenkten Jahre. Doch Du und ich,
wir füllen sie mit Leben – jeden Augenblick!

1990

Lausche

Lausche
den Menschenherzen,
wie sie im Takt
zum Leben schlagen.

Du spürst,
jedes Herz, das
sich in Liebe
öffnet, trägt Licht
in unsere Welt ...

Erfroren

In der Winternacht
ist die Blume erfroren.
Sie hatte auf den Frühling gehofft,
auf seine Wärme und Sonne,
die sie zum Leben brauchte.

In der Einsamkeit
bin ich erfroren.
Ich hatte auf Dich gehofft,
auf Deine Liebe und Wärme,
die ich zum Leben brauchte.

2010

Erinnerung

Die Erinnerung an Dich füllte
mein Zimmer mit Licht
und dieses Licht war warm.
Doch vor dem Fenster
lauerte die Kälte.

Als ich das Fenster öffnete
entfloh die Erinnerung
wie ein Spatz in die Finsternis.

In der Stille schwebten Schneeflocken,
sich tanzend umarmend und
bedeckten meine Verlassenheit.

Die aufgehende Sonne leckte
mit ihrer Zunge den Schnee,
leckte gnadenlos, bis
meine Einsamkeit nackt
zum Vorschein kam.

2010

Ohne Gewähr

Meine Liebe war
ein wärmendes
Feuer – nur
für Dich bestimmt,
erloschen
am kalten Wind
Deines Gleichmuts.

Warten

Warten,
dort, wo Sonnen sich erheben,
wo Gedanken
entfliehen und im Morgenrot
verdunsten.

Warten
am Stundenglas bleierner Zeit,
Sterntaler zählend,
Erinnerungen belauschen im
Flüstern des Nachtwindes.

Warten
ist ein Becher herber Wein, den ich
leere, um berauscht
den Atem der Liebe zu trinken und
Dein Spiegel zu sein.

2010

Heilung

Die Heilung
meiner alten Narben
liegt verborgen in
den Winkeln Deines Mundes.
Ich will keinen Kuss.
Sprich ...
sprich doch!

Federleicht

Federleicht
schwebt die Liebe
durch die Tiefen meiner
Haut bis in die Kammer
meines Herzens,
füllt sie mit Licht,
lässt mich von
innen leuchten.

Und Freiheit,
meine Nachtigall,
singt darin ihre Lieder,
während Schweigen
meine Lippen verstummen
lässt mit dem Wissen,
auch ungesagte Worte,
finden den Weg zu Dir.

2016

Königin der Nacht

Die Uhr tickt, es wird Mitternacht.
Bleib wach, mein Freund, es naht die Zeit,
entfalten wird in zarter Pracht
die Königin ihr Festtagskleid.

Sie wird den Panzer heute sprengen,
der sie mit Stacheln fest umgibt,
und aus der Dunkelheit, der engen,
für den erblühen, der sie liebt.

Die Worte fliehen, es herrscht Schweigen,
das Wissen um die Liebe ist;
in Anmut wird sie sich verneigen,
vor dem, der sie niemals vergisst.

Zartrosa umhüllt Blütenflaum
nur Liebende in dieser Nacht,
bald endet dieser kurze Traum,
sobald das Morgenrot erwacht.

Das Stundenglas lässt keine Wahl,
schon rieselt Sand, zählt die Sekunden,
welkt auch die Blüte und wird fahl,
nichts stirbt, was Liebe einst gebunden.

2018

Der Kuss

ist der Vulkan des Herzens.
Nicht die Vielzahl ist bedeutend,
sondern das Feuer, das er im
Geliebten erweckt.

Herbstzeit

Ein welkes Blatt sinkt leis herab,
die Felder nackt, die Bäume licht.
Was gestern blühte, sinkt ins Grab,
der Herbst zeigt stürmisch sein Gesicht.

Dem Pochen Deines Herzens lauschend,
wie singend Du von Liebe sprichst ...
Komm, lass uns 1000 Küsse tauschen,
bevor Du Deine Schwüre brichst.

So tränk' ich Zweifel mit den Küssen
Ob alle Liebenden so sind?
Bin wie ein Blatt, vom Baum gerissen,
die Ängste schreib ich in den Wind.

Mein Liebster, lass mich Dir bekennen,
blieb auch manch Träne ungeweint,
nie werde ich das Band zertrennen,
das uns von Anbeginn vereint.

Dem Herbststurm schließe ich die Pforten,
den kalten Frost lass ich nicht zu,
vertraue Dir und Deinen Worten,
Geborgenheit heißt: ich und Du.

2016

Glückliche Momente

Schlaftrunken
öffne ich meine Augen, träume
dem neuen Tag entgegen.
Spatzen tschilpen guten Morgen,
Bienen summen Honigmelodien.
Ein Sonnenstrahl schleicht sich
durch Gardinenmaschen
und kitzelt meine Nase.

Der laue Wind hat sich
hereingeschlichen, streicht zärtlich
über mein Gesicht, Vorhänge blähen
sich wie weiße Segel. Ich öffne alle
Türen – und mein Herz.

Ein bunter Falter
schwebt über dem Lächeln
der Narzissen. Flüsternd raschelt
junges Grün in Erwartung
ungeborener Knospen.
Eine Lerche jubiliert, die Wolken
schmiegen sich wattegleich
an den Himmel.

Da kommst Du. Deine Lippen
gleichen Schmetterlingsflügeln,
lassen die Blume meines
Herzens wachsen. »Willkommen
Frühling! – Immer wieder!«

2009

Geheime Wünsche (Habibi)

Habibi, heute Nacht
schmücke ich mein Lager mit
Blütenblättern, flechte Leidenschaft
ins Netz der Zärtlichkeit, lasse den
Garten meines Herzens erblühen.
Ich bin die Geliebte.

Schau, ich mache mich ganz klein,
kuschele mich in die Geborgenheit
Deiner Hände, um dort sinnestrunken
Deiner Stimme zu lauschen und mich an
Deinem Atem zu berauschen.

Habibi, in der Hitze
der Nacht besteige ich den Vulkan,
werde zur Fackel Deiner Liebe und
beiße flammende Tattoos in Deine Haut.

Während die Süße Deiner Küsse
auf meinen Lippen verglühen und
meine Zunge das Salz Deiner Haut
schmeckt, werde ich, gebettet in
Jasmin und dem weichen
Licht der Mondperle,
Deinen Honig empfangen.

2011

Granatapfel (Anar)

Dort, wo die Sonne
Wolkenschiffe zählt,
wächst Du zugleich
mit Blüte in der Krone.
Wo ich auch war, Du
hast mir stets gefehlt,
Du Liebling, schönster
aller Pomerone!

Du zeigst gespalten
mir Dein Purpurherz,
Rubine leuchten Dir
aus Deiner Brust.
Gespalten bin auch ich
vom Heimatschmerz,
doch gleichsam fühl ich
pure Lebenslust.

Ich bin wie Du, will
meine Sinne spüren,
wenn heiße Winde
meine Locken streichen,
will meinen Liebsten bis
zum Morgenrot verführen
und ihm mit Dir, oh Anar,
meine Botschaft reichen.

2014

Herbstzeitlose

Das Frühlingskleid ist längst verschwunden,
es welkt der bunte Sommerkranz,
den Deine Liebste einst gewunden
und trug bei ihrem letzten Tanz.

Der Herbst lässt alle Blüten sterben,
malt Busch und Bäumen farbig Laub,
hebt spielerisch die Blätterscherben,
die haltlos wirbeln, müd und taub.

An Zäunen wiegen Spinnenweben
sich leis im Takt zum Windgesang,
und flüstern von vergangenem Leben,
als fröhliches Gelächter klang.

Du gehst allein auf stillen Wegen,
die Sehnsucht quält Dich allzu sehr,
aus Deinen Augen tropft der Regen,
ach, Deine Liebste ist nicht mehr.

Es treibt Dich fort zum Totengarten,
bald wird die Sonne untergehen,
nur einmal noch willst Du der Liebsten
in veilchenblaue Augen sehen.

So tief das Schweigen über Steinen,
erwärmt nicht durch den Sonnenstrahl.
Wird Dich denn nichts mehr mit ihr einen?
Ach, niemand lindert Deine Qual.

Doch plötzlich, als ob's Dich liebkose,
wächst aus dem Grab ein Blümchen Dir
mit lila Wangen, Herbstzeitlose,
ein stiller Gruß von ihr ... von ihr.

2015

Der Wanderer

Er sagt, er betet mit den Füßen,
um sich sein Leben zu versüßen,
und wandert durch die halbe Welt,
nachts ruht er unterm Sternenzelt.
Er lebt, so sagt er, in den Schuhen,
die er nur auszieht, um zu ruhen,
und geht die Sonne glanzvoll auf,
beginnt er heiter seinen Lauf.

Sind auch die Wege voller Steine,
ihn treibt im Leben nur das Eine,
selbst mit den Blasen an den Füßen,
wird er die Freiheit stets begrüßen.
So manches Land hat er durchquert,
allein, nicht immer unbeschwert,
wusch sich im Fluss, aß trocken Brot,
ging falschen Pfad im Abendrot.

Als nun das Sonnengold versinkt
und leis noch mal zum Abschied winkt,
spürt er, als er die Nacht durchwacht,
dass seine Freiheit einsam macht.
Am nächsten Tag schnürt er sein Glück
und macht sich auf den Weg zurück.
Die Liebe wartet still im Warmen,
empfängt ihn sanft mit offenen Armen.

für D., 2014

Hinter Mauern

Wie lang schon ertrug ich die trotzigen Mauern,
in deren Schatten Dämonen lauern,
die sich durch jeden Mauerspalt zwängen
und das, was ich liebe, heftig bedrängen.

Sie raunen mir zu: Willst Du Dich entscheiden?
Egal, was Du anstrebst, Du wirst sicher leiden.
So kämpfe ich Tag und Nacht ohne Sinn,
weil ich doch mein größter Gegner bin.

Ermüdet von den alltäglichen Kriegen,
bleibt eines mir nur, mich selbst zu besiegen,
mein Herz zu öffnen, Vertrauen zu fassen
und all meine Ängste loszulassen.

Ein Kelch ist die Liebe, erlesen und rein,
macht Liebende trunken wie purpurner Wein.
Ein Lächeln verschönt Deinen warmen Mund,
besiegelt mit einem Kuss unseren Bund.

Ein Buch, unser Leben, in das wir schreiben,
in dem jede Seite ruft: Komm, Du musst bleiben!
Vertrau auf die Liebe, so süß und so leicht,
Gib Dich und Dein Herz!
Schau – die Mauer weicht ...

2013

Der erste Kuss

Berührt! Die Unschuld dahin,
im Zauber Deines Kusses
wächst wilder Mohn auf meinen
Lippen und die Süße frischer
Feigen auf meiner Zunge.

Mein Herz spricht ein
Gedicht in Deine Augen,
ich spüre die Leichtigkeit des
Seins und die neuerworbenen
Flügel tragen mich direkt ins
Paradies der Liebenden.

Sprich nicht! Küss mich!
Der Rausch des ersten Kusses
kehrt nie wieder ...

2016

In Dir

Ein dichter Käfig ist mein Körper,
der meine Seele fest umhegt,
pulsierend durch die blutigen Bäche
im Kern das Herz, das für Dich schlägt.

Könnt ich den Stäben mal entweichen,
flög ich direkt in Dich hinein,
baute mein Nest in Deinem Herzen,
um lebenslang bei Dir zu sein.

Licht der Nacht

In der Nacht umfing mich mein Geliebter.
Ich bat die Hüterin der Träume,
mein Geheimnis zu wahren.
»Schau, meine Sterne verblassen«,
sprach sie zu mir. »Du hältst die Sonne
an Deinem Busen und forderst Dunkelheit ... «

Liebe mich

Liebe mich
bedingungslos, lass
unsere Liebe keine Bilanz
sein von Gewinn und Verlust,
in der ständig
aufgerechnet wird.

Liebe mich
mit dem Gedanken,
dass Liebe sehend macht
und nur Blinde die
Seifenblasen ihrer Illusionen
dem Vakuum opfern.

Liebe mich
mit ganzer Seele,
so wie die Füße Deinen
Körper tragen! Erkenne
in der Flammenschrift
Deines Herzens:
mich.

Zeit der Liebe

Komm Liebster, wir schenken uns Zeit!

Kostbare Zeit, in der unser Mut zur Liebe
die Ketten der Gewohnheit sprengt und in
der wir den Träumen Leben verleihen;

heimelige Zeit, in der wir unsere Gefühle in
der Geborgenheit unserer Herzen hüten
und einander Brücken bauen;

erfreuliche Zeit, in der die Rosen ihre Dornen
abstreifen und ihre Freude darüber mit
einem lächelnden Rot offenbaren;

zärtliche Zeit, die nur uns gehört – Dir und mir,
in der wir den Sturmvogel des Lebens mit
dem Lächeln der Liebe willkommen heißen.

In einem Satz:
Eine Zeit der Liebe, weil wir in UNS zu Hause sind.

achtsam …

Liebe ist ein Gewand,
das die Natur gewebt und
die Zärtlichkeit bestickt hat.
Seiner Kostbarkeit bewusst,
trage ich es mit Achtsamkeit.

Nur zwei Worte

Ich möchte nicht
die Schönste für Dich sein
und kein Juwel in
Samt gebettet
in der Schatulle
Deiner Erinnerung.

Ich möchte keine
Rose für Dich sein, die
lächelnd das Vertrauen
des arglosen
Schmetterlings
auf ihre Stacheln spießt.

Ich will Dich in
meinem Schoß, dem
Trommelschlag Deines
Herzens lauschen
und Deine flammende
Zunge, die sagt:
Liebe mich!

2003

Regenbogenkinder

Ein Regenbogen wölbt sich rund
mit seinen sieben Flammen,
Sie lodern zwischen dir und mir
und schweißen uns zusammen.

Zum Lichtband werden Regentränen,
gebrochen von den Sonnenstrahlen,
die sich nach bunter Färbung sehnen
und diese an den Himmel malen.

Das Leben ist ein Regenbogen,
es spiegelt sich in seinen Farben,
ist mal gebrochen und gebogen
und hinterlässt mitunter Narben.

Verebbt die Schönheit mit dem Leben,
wenn unsere Schimmer sanft verblassen,
werd ich Dir beide Hände geben,
kann selbst im Tod nicht von Dir lassen.

2012

Spuren

Du, dessen Spuren sich im
Wüstensand verlieren,
auf den sich pudernd die
müde Abendsonne legt,
mit Dir weicht jede Wärme,
lässt mein Herz gefrieren
in sternenkalter Nacht, die
sich im Nichts bewegt!

Hör ich dort Deinen
Schritt im Rosengarten?
Noch spüre ich auf meinen
Lippen Deinen Kuss.
Ließ nicht die Nachtigall
die Rose warten,
die sich im Trugbild
ihres Traums verlieren muss?

Ach, Honigmond, gerade
Dir gilt mein Vertrauen,
weil Du mit weisem Lächeln
den Schwur besiegelt hast.
Im Stundenglas den
Sandkristallen nachzuschauen,
wiegt mir manch Körnchen
schwerer als eine Zentnerlast.

Der Schlaf senkt sich auf
meine müden Augenlider,
ein neuer Tag wiegt sich
bereits im Dämmerlicht.
Tautränen spiegeln sich
an Steppenhalmen wider
und über mich beugt sich –
Dein lächelndes Gesicht.

Wäre ich ...

Wäre ich ein Vogel, würde ich die Welt
durchfliegen auf der Suche nach Dir.

Wäre ich eine Träne, berührte ich Dein Auge
und zauberte die Sehnsucht nach mir hinein.

Wäre ich ein Gedicht, würde ich mich auf Deine
Lippen legen, damit sie mich sprechen.

Wäre ich ein Herz, würde ich in Deiner Brust
schlagen und Dir von der Liebe erzählen ...

Ach, wäre ich …

Geliebte

Nachts atmen die Räume
ihre Schatten aus
und wie der Phönix
erhebt sich die Fantasie
aus den Flammen meiner
Gedanken an Dich.

Die Rose Deines
Herzens hege ich in
der Heimlichkeit unseres
verborgenen Gartens,
ich bin ihre Gärtnerin.

Reiche mir die Hand!
Folgen wir dem Weg
der Liebenden und
zerstören die Trauernester
trüber Gedanken –
werden wir zur Legende!

Verloren

Gebaut aus feingewebten Worten,
umarmte mich mein Wolkenschloss,
in dem ich einst in Jugendjahren
das Lied der Liebe mitgesungen,
nur sind die Farben längst verblasst
und auch die Melodie verklungen.
Kein Weg führt mich zu jenem Wunder,
das einst aus meinem Herzen spross.

Nun stehen wir wie Schachfiguren
auf diesem bunten Brett der Welt,
bewegungslos, im Stand verharrend ...
kann ich noch meine Flügel breiten?
Ich könnte sie zum Fluge weiten,
die dunklen Felder überschreiten.
Ach, Nachtigall, auch Du beweinst
die schwarzen Rosen auf dem Feld.

2012

Sein

Durchs Auge, meines Fensters Seele,
gleitet hindurch ein sanfter Schein,
liest mir im Herzen wie im Buche,
will nur das Eine, will nur sein.

Salome

Die Nacht nippt an meinen Locken
und atmet ihr Ritual, wispert mir zu
von den Liebenden.
Blau, alles blau ...

Der Mondfürst wandert durch den
Sternenwald, verspeist die Hitze des
sterbenden Tages, um mein Feuer
zu entfachen.

Sein Kelch aus Wehmut netzt meine Augen
und ich tanze – tanze auf seiner Sichel
durch das Labyrinth meiner Träume.
Blau, alles blau ...

Licht kleidet mich in Schatten, die Sterne bilden
eine Seufzerbrücke und Nebel, umwoben
von Traumgesichtern, sind meinem
Zauber erlegen.

Zwei Wolken schweben im Windgesang,
umarmen sich, verschmelzen miteinander,
bis sie im Atem einer Brise vergehen.
Blau, alles blau ...

Ich trage mein Herz in den Füßen und
Deinen Kopf in einer Schale, schon malt
der Teufel flammende Flüsse ins
Zwielicht der Zeit.

Meine Gedanken an Dich sind aus Glas,
wenn ich ihre Scherben sammle, dann
trink Du vom Regen meiner Tränen!
Blau, alles blau ...

Träumereien

Ich male Dir den Mond der Träume,
der silbern in die Fenster scheint,
sein Lächeln gleitet durch die Räume,
in denen Liebende vereint.

Ich bitte Dich, heut wachzubleiben,
denn heute Nacht komm ich zu Dir,
will glücklich Deinen Schlaf vertreiben
und schenke Dir ein Elixier.

Mein Zaubertrank heilt müde Herzen
und wenn ich heute bei Dir bliebe,
vergisst Du Einsamkeit und Schmerzen.
Das Elixier ist meine Liebe.

Blindes Vertrauen

Es gab eine Zeit,
da balancierte ich
mit geschlossenen Augen
auf der Schneide eines Messers,
weil Dein Blick mich lenkte.
Jetzt fürchte ich mich,
auch nur ein Auge
zu schließen, denn
meine Füße bluten.

2009

Die Schönheit eines Mannes

Die Schönheit eines Mannes
liegt nicht in seiner Kleidung, die er trägt,
oder gar in der Stärke seiner Muskeln
und in der Art, wie er sich frisiert.

Die Schönheit eines Mannes,
erblicke ich im Leuchten seiner Augen,
denn sie sind die Pforte zu seiner Seele,
der Ort, wo Liebe und Wahrhaftigkeit leben.

Die Schönheit eines Mannes
liegt in der Wahrheit seiner Worte,
in der Wärme seiner Umarmung,
in der Stärke, Vertrauen zu schenken.

Die Schönheit eines Mannes
liegt in seinen guten Taten und darin,
seine Tränen nicht zu verbergen
und mit dem Herzen zu handeln.

Die Schönheit eines Mannes
gleicht einem guten Wein, der im Laufe
der Jahre gereift, auf der Zunge
den Geschmack der Liebe hinterlässt.

Legofrau

Ich schau zu, bin amüsiert,
wie Dein Bausatz Dich entzückt,
denn Du bastelst ungeniert
eine Frau, die Dich beglückt.

Wär ich Deine Legofrau,
gut gebaut, so Stein auf Stein,
ob Geliebte, Ehefrau –
ich würd' nie dieselbe sein.

Legofrau bleibt kalt beim Schmusen,
Worte fallen ihr nicht ein,
liegst Du lüstern ihr am Busen,
könnt das für dich kantig sein.

Legofrau schafft Langeweile,
weil sie fügsam sich verhält,
und löst sich in Einzelteile,
wenn Dein Arm sie fester hält.

Fügst Du sie dann neu zusammen,
ändert sich zwar ihr Gesicht,
doch sie steht niemals in Flammen,
wenn Dein Herz von Liebe spricht.

So spuckt mancher Mann ins Süppchen
und damit vorbei am Glück.
Hält er nun im Arm ein Püppchen,
ist's doch nur ein Legostück.

2009

Moderne Zeiten

Wir sind für jede Schmach empfänglich,
man spricht von Liebe, die vergänglich,
für gute Werte fehlt der Glauben,
statt einfach am Gefühl zu schrauben.

Wir sprechen von Beziehungskisten,
von Lebenspartneraktivisten,
die uns zum Gähnen totlangweilen,
ein Grund, das Leben nicht zu teilen.

Wir liegen einsam in den Betten,
obwohl wir gern 'nen Partner hätten,
um fröhlich dann mit ihm zu kuscheln
und ihm etwas ins Ohr zu tuscheln.

So bleibt das Schöne nun versäumt,
der Traum ist einfach ausgeträumt,
weil keiner festhält, was doch wert
und niemand da ist, der es ehrt.

Illusionen

In dieser mitleidlosen Nacht
will sich der fahle Mond kaum zeigen,
sein Licht malt Schatten an die Wand.

Ein Stern, der meinen Schlaf bewacht,
Traumgeister wiegen sich im Reigen
und Zeit zählt den verlorenen Sand.

Die Illusion jedoch hält Wacht,
sie will die Wahrheit noch verschweigen,
dass keine Liebe uns verband.

Ira (Rachsucht)

Schnaubende Wut stiebt aus den Nüstern
des Rappen Zorn, der wild sich bäumt,
in meinem Blut ein hämisch Flüstern
bricht sich im Schrei, mein Geifer schäumt.

Der Groll hält meinen Geist gepackt,
rennt Amok durch die tiefsten Venen,
entblößt die Seele, macht mich nackt,
spielt mit mir lustvoll Teufelsszenen.

Der Jähzorn fesselt Menschenwürde,
legt meine Ratio in Ketten,
um mich herum nur Zaun und Hürde,
nichts kann mich vor mir selber retten.

Geschmack der Rache auf der Zunge,
die fordernd nach Vergeltung schreit,
und keuchend bebt es aus der Lunge:
Mach Dich zum Angreifen bereit!

In einem Nebelbett der Mächte
thront demagogisch blinder Hass,
mein Führer durch schlaflose Nächte,
mich quälend ohne Unterlass.

Ich speie Feuer, Schutt und Aschen,
sieh', mein Vulkan aus Rachelust
wird mir mein Blut mit Säure waschen,
ein brennend' Feuer in der Brust.

Von Deinen Qualen will ich zehren,
ob Herzeleid, ob Angst und Not,
will Dich zerstören und Dich lehren,
Dir nichts zu wünschen als den Tod.

So hab ich Ira mich verschrieben
als Dienerin im Höllenfeuer,
bin roten Flüssen treu geblieben,
kein Mensch, kein Tier – nur Ungeheuer.

2016, gewidmet meiner lieben Freundin,
der Malerin Schirin Khorram, zu ihrem Bild IRA
aus dem Projekt »Sieben Todsünden«

Zu spät

Manchmal denk ich an alte Zeiten,
als wir vom Glück zu zweit geträumt,
heut spießen wir uns auf beim Streiten.
Den Absprung haben wir versäumt.

Wie oft schon wollt ich von Dir lassen,
denn was ich fühle, lässt Dich kalt,
heut kann ich Dich nicht einmal hassen.
Doch werden wir zusammen alt.

Gewohnheit nennt sich unser Laster,
das uns beherrscht mit aller Macht,
und was uns eint, ist ein Desaster.
Das haben wir aus uns gemacht.

Könnt ich noch einmal neu beginnen,
würd ich das Leben anders meistern,
und klopfst Du an, mich flugs besinnen,
die Türe schnellstens zuzukleistern.

Missbraucht

Ich wollte Dir eine Rose sein.
Du sahst jedoch in mir
nur das Gänseblümchen,
zupftest mir die Blätter
einzeln aus –
und warfst mich fort ...

2002

Ungesagt ...

Die Erinnerungen an Dich
gleichen herbstlichem Laub, das
ich zusammenkehre und dem
Feuer preisgebe, um im Geruch
brennender Asche ungesagte
Worte zu betrauern.

Leb wohl

Es tanzt der Herbst mit Laub gekrönt
auf bunten Blätterscherben,
die Augen schattentief verträumt,
im Morgennebel sterben
die letzten Sommermelodien, die
uns im Herz erklangen,
und unser Lächeln hat der Wind
im Spinnenweb gefangen.

Ich lausche Deinem leichten Schritt,
auf weiches Moos getreten,
hör den Gesang des wilden Schwans
und letzte Rosen beten.
Nun färbt die Zeit mein dunkles Haar
mit Ascheregen ein.
Komm, Liebster, füll' den letzten Kelch
mit unserer Liebe Wein.

Es sprudelt aus dem Quellenmund
hinab in Traumwalds Tiefen
und formt die bunten Kiesel rund,
die tausend Jahre schliefen.
Ach, könnte ich nur ewig lieben,
wie sich das Weltrad dreht,
doch schon holt mich Dein Schatten ein
und flüstert leis: zu spät.

2012

Worte statt Tränen

Ich spüre diese goldene Kraft,
die nur die Liebe in uns schafft.
Ich rüttle an den Gitterstäben,
will eines nur, will leben – leben.

Lass meiner Trauer freien Lauf,
die Schale fängt die Tränen auf.
Vogel der Nacht erhebt sich leise,
berührt mein Herz in stiller Weise.

Es streicht dein Flügel meine Wangen,
bin frei und doch noch hier gefangen.
Ein Licht auf Rosenblattpapier,
der Stift, er schreibt: So bleib doch hier.

Der Wind raunt leis', erfass Dein Glück,
die Zeit rinnt vorwärts – kein Zurück.
Schau, wie die Quellen sich ergießen
und statt der Tränen Worte fließen.

An eine sterbende Rose

Vertrocknet ist Dein Angesicht,
im bleichen Licht stehst Du gebrochen,
der Tod aus Deiner Blüte spricht,
an der mein Liebster einst gerochen.

Nun stehst Du still im leeren Raum
und dienst nur den Erinnerungen.
Mit Dir stirbt auch mein Sommertraum,
als wir der Liebe Lied gesungen.

Auf nacktes Grab sinkt sacht der Schnee,
kühlt nicht die Sehnsucht, die hier blühte,
erinnert stumm an tiefes Weh ...
ach, meine Liebe nie verglühte.

Der Schmerz

Ein Schrei dringt mir durch Mark und Bein,
frisst sich in meine Eingeweide,
Ich bin der Schrei – nur ich allein!
Ich brenne, sterbe, liebe ... leide.

Mit spitzen Nadeln beißt Dein Mund
mir tiefe Wunden in mein Herz,
saugt sich an meinem Wesen wund;
ich hülle mich in Eisenerz.

Hast Du den Panzer nur geliebt
auf unserem Lager, unserem Reich?
Das Licht, das uns noch Wärme gibt,
ist am Verglimmen, blass und bleich.

Die Tage werden wie die Nächte,
gemalt an einer dunklen Wand,
im Banne dieser finstren Mächte
löst bitter sich das Liebespfand.

Ich brenne, sterbe in den Flammen,
obwohl ich nach dem Leben hasche,
mag ich den Abschied auch verdammen:
Ich steig wie Phönix aus der Asche!

für Maggie, 2017

Schicksal (Sar newesht)

Nur noch Erinnerung, sie bleibt …
Der Stift in meiner Hand, der schreibt
von längst vergangenen Zeiten –
er fliegt über die Seiten ...
Ein Tropfen fällt auf das Papier.
Gilt diese Träne etwa Dir?
Verwischt das neugeborene Wort
– metapfergleich –
verloren … fort!

Blutmond schweigt still,
Nachtwind haucht mild,
allein mein Herz, das pocht so wild –
warum bin ich gegangen?
Fühl mich in mir gefangen,
starr blind auf eine bleiche Wand.
Im Dunkeln strecke ich die Hand
und möchte Dich berühren,
ein letztes Mal verführen.

Will mit Dir auf den Wolken reisen,
in Persepolis fröhlich speisen,
Dich in Magie verweben,
im Dichterhimmel schweben.
Zitronen, reif und zuckersüß,
pflück ich für Dich im Paradies,
wo Rosen dich bedecken –
kein Tod kann mich mehr schrecken.

Teheran, 2010

Müde

Mein Honig, mein Charme
sind sehr flüchtig,
mein Herz aus Glas
hat Sprünge und
eine unbeantwortete
Frage ertrinkt im
Wortgefüge
leerer Antworten.

Ich sage »Guten Tag«,
doch du liebäugelst mit
der Nacht, die in ihrer
Vergesslichkeit
die Tage verschenkt.

Die Vergangenheit hat
mich gedichtet,
doch die Gegenwart
stahl meine Poesie.
Nun warte ich auf den
Morgen und seine
Reserve in tausend
Tautropfen.

Wurzeln

Robaiyat

Das Geheimnis unserer Welt wird niemand je ergründen,
das Wort, geschrieben in den Sand, wird niemals jemand finden.
Darum schaff' Dir an diesem Ort Dein Erdenparadies.
So lebe, lieb, erfreue Dich, bevor die Lebensgeister schwinden.

Aramesh

Ich bin kein Baum, der
durch sein Astloch blinzelt
und träumend hofft, von der
Axt verschont zu bleiben.

Betrachte mich nicht als
Blume, von unmündiger
Hand ihrer Wurzeln beraubt,
um in der Vase zu welken.

Suche mich in der hitzigen
Wüste, tauche in den
Kristallsand der Zeit, warte
auf das Erwachen der Sterne.

Könnte ich Herzen regnen
lassen und in die Seelen
Liebe säen, würde ich meine
Hände in Feuer tauchen.

Mit jedem Augenaufschlag
gebäre ich Worte in roter Tinte,
die in der Dunkelheit wachsend
den neuen Morgen erblicken.

Duft der Heimat

Dein Lächeln, ein Versprechen aus
grünen Steinen, gebettet im Flussmund
mit Pappellippen, poliert von emsigen
Quellenzungen.

Deine Hände, wilden Mohn liebkosend
und Steppennarben tröstend, entlocken
den Wüsten Seufzer nach einer schattigen
Umarmung.

Dein Leib, Herberge prachtvoller Gärten,
in denen Rosen neben Palmen tanzen und
Nachtigallen im Einklang mit den Zikaden
ihren Gesang dem Jasmin schenken.

Safran blüht auf Deinem Busen, die Nacht
hängt ihre Diamanten über schweigsame
Gemäuer, spiegelt einstige Schönheit in
stillen Teichen wider.

Deine Poesie, Jahrtausende alt, gemurmelt
auf den Lippen der Zeit, Dichter im Lehm der
Vergänglichkeit gefangen und Menschsein
in einem Ziegel verewigt.

Vorbei die Ära freier Spatzen! Die Freiheit trägt
ein Büßerkleid, Mörderhände werfen Steine
auf Dein Herz und zeichnen Gottes Namen
mit Peitschen auf nackte Haut.

In Deinen Gassen grölt Hass seine grausigen
Lieder und hängt die Gegenwart an zukunftslose
Galgen. Flüsternde Worte werden in Mauern
geritzt und in die Wunde unserer Herzen.

Bedecke Dich nicht mit dem Tschador der Trauer,
Iran, meine Schöne! Unsere Tränen verwahren
wir, bis die Sanduhren von Freiheit singen
und das Blut der Tauben trocknet.

2014

Der Spatz

Spatzen tschilpten in den Zweigen
in der uralten Platane
vor dem Fenster meines Zimmers,
das als Kind ich noch erahne.

Manchmal füllten stille Straßen
Hass- und Widerstandsgesänge,
und ich lauschte voller Ängste
auf die ungewohnten Klänge.

Da ertönt aus dichtem Laube
ein erfrischend Platzkonzert,
und die Angst weicht stiller Freude
und mein Herz wird unbeschwert.

Kleiner Spatz, ich lieb Dich sehr,
bist ein drolliger Gesell,
in der ganzen Welt zu Haus,
mit dem Schnäblein frech und schnell.

Bist mir Zeichen für den Frieden,
nicht der Taube Untertan,
ständig Deinen Spatzenfreunden
solidarisch zugetan.

Niemals werden Diktatoren
Dir Dein Schnäbelein verbinden
und Du wirst im freien Fluge
Dich den Feinden stets entwinden.

Darum bleibst Du mein Symbol
gegen Willkür und Gewalt,
auch für Freiheit und für Würde.
Ich seh Dich als Lichtgestalt.

2009, in Erinnerung des Iranischen Frühlings

Die Gärten meiner Kindheit

Die Gärten meiner Kindheit
haben ihren Zauber verloren.
Wilde Rosen wurden von Suren
gesteinigt und die Zungen der
Nachtigallen von frömmelnden
Greisen herausgerissen.

Die Gärten meiner Kindheit
welken auf Wüstensand.
Hass frisst die Wurzeln der Eisenbäume,
Granatäpfel weinen rote Tränen und
unter dem Tschador der Gewalt
verhaucht Jasmins Duft.

Die Gärten meiner Kindheit
warten Traum-verlassen,
hoffend auf den Trost der Taube,
harrend auf die Antwort des Windes.
Die Gärten meiner Kindheit leben
unvergessen in meinem Herzen.

Heimatlos

Die Stille dieses Morgens
durchtränkt leise Wehmut, deren
Antlitz sich in der Brandung verliert.
Auf dem Grund des Meeres wartet
der Himmel mit Sternen bestückt,
während sich die Trauervögel in
Wolkennestern meines Herzens
verbergen.

Manchmal ist mein Schweigen laut
und durchbricht die Stille
trüber Gedankenflüsse.
Ach, Einsamkeit! Vertraute Feindin!
Umarme mich nicht, damit ich
Asche werde in der Urne
des Vergessens –
atme meine Träume, lass mich
erwachen mit dem Wind.

Unerfüllt

Siehst Du die trunkenen
Pferde über die Steppe ziehen?
Atme den Duft wilden Thymians
und spüre die Rosen auf meiner Haut.

Ich lasse Dich gehen, dorthin
wo der Norden durch zerklüftete
Berggipfel faucht – der Rachsüchtige,
dem nur du gehörst.

Ich schreite durch das Bild der Welt,
verschweige dem Wind Deinen Namen,
in der Hoffnung, dass der Simorgh* uns eines
Tages von unserem Leiden erlöst.

1986 Iran – während des Iran-Irak-Krieges

* Mythischer Riesenvogel, Schutzvogel mit übernatürlichen Kräften

Kind der vier Winde

Ich bin das Kind
der rastlosen Winde,
suche nach Wurzeln,
die ich nicht finde:
Im Osten
bin ich eine Moschee
im Westen
ein stiller und tiefer See,
im Süden
ein Lied, berühre das Herz
im Norden
ein Eisblock, verberge den Schmerz.

Überall in der Welt zu Hause zu sein,
heißt selten geborgen und häufig allein.
So wurde ich zum Kind der vier Winde,
weil ich meine Heimat nirgendwo finde.

September 1992

Der Weg von Teheran

Über den Wolken von Teheran
verlieren sich meine Träume, im
Prisma verwirrender Gedanken
brechen Erinnerungen, werden
zu Mosaiken im Kaleidoskop
meines Lebens.

Keine Farbe vermag mich
zu trösten. Darum schenke ich
meine Tränen dem Namak*, der sie
mit einem Lächeln verschlingt.
Sein Salz brennt sich tief in
die Wunde meines Herzens.

---

* Salzsee zwischen Teheran und Ghom

Gib mir meine Süße zurück, mein
fremder Freund, meine Heiterkeit,
die nun in einer Tasse schwarzen Tees
ertrinkt in Zimt und Koriander.

2011 – nach einem letzten Besuch im Iran

An Hafez

In Schiraz blüht ein Rosengarten,
ein Schweigen liegt auf Hafez' Grab
und doch beredt – hier will ich warten,
auf ihn, den ich im Herzen hab.

Die Rosen duften an der Pforte,
durch die ein stiller Weg mich führt,
ihr Lächeln streift an jenem Orte
mein Sein, das tief von Dank berührt.

Ach, könnte ich lösen das Erdenrätsel,
die Weltperle drehen, sie neu gestalten
die Liebe zu leben, den Weinkelch erheben
zum Lichte, den blutroten Trank nur halten!

Ich leere den Kelch auf Hafez' Namen,
rot perlt der Weintrank im Kristall
für alle Liebenden, die kamen.
Hafez, dein Geist ist überall.

Schiraz, 2011

Stadt der Rosen

Vor meinen Augen schwimmt das Land,
Sehnsucht zieht mich hierher,
um mich herum Salz, Stein und Sand,
ein wasserloses Meer.

Auf alten Karawanenwegen,
die kaum noch einer kennt,
bläst mir der Sandsturm ins Gesicht,
sein wilder Atem brennt.

Von ferne winkt der Zagros* mir,
Komm, Tochter, nimm das Band,
folg ihm ins Land der Arier,
wo Deine Wiege stand.

Das Farbenspiel am Himmelszelt,
ein ahnungsvolles Zeichen?
Doch als das Trugbild jäh zerfällt,
beginnt mein Traum zu weichen.

Da lächeln mir am Horizont
die Saphirhügel grün,
tief eingebettet und umsonnt,
seh Schiraz ich erblühn.

Wie lieblich ihre Rosenwangen,
gehüllt in zarten Duft,
der Blumenblick wirkt sanft verhangen
in lauer Abendluft.

Die Palmenwedel wiegt der Wind,
sie wispern leis': Salam!
Hast Du nun heimgefunden, Kind?
Dann lausche aufmerksam
den alten Stimmen, lass Dich leiten
von Schiraz, Du wirst sehn:
Könige, Dichter aller Zeiten
kamen und mussten gehn.

---

* Größtes Gebirge des Iran

Ein rosa Schein liegt auf der Stadt,
liebkost die goldnen Dächer,
streift Minarett und Blütenblatt,
Palast und die Gemächer.

Noch einmal küsst die Abendsonne
die Rosen in dem Garten,
die sehnsüchtig in trunkner Wonne
die kühle Nacht erwarten.

Die erste Rose dieser Welt,
ward in Schiraz geboren,
besungen unterm Sternenzelt
von liebeskranken Toren
und Hafez dort im Rosengarten,
dem letzten Paradies,
in dem seine Gebeine warten,
seit er die Welt verließ.

Das Schweigen bricht die Nachtigall
tief im Platanenhain,
silbern schenkt sie der Stimme Schall
den Rosen nur allein.

Ein Raunen klingt aus alter Zeit
durch Gärten und Alleen,
die Geister der Vergangenheit
woll'n endlich auferstehen.

Und von dem Lager Djamschids hebt
Koroush sein müdes Haupt,
und flüstert: Unsere Freiheit lebt,
Willkür ist nicht erlaubt.
Koroush, der edle Königssohn,
ehrbarster aller Schahs,
saß dereinst auf dem Pfauenthron,
gerecht und hoch im Maß.

Sein Zepter war ihm niemals Bürde,
er hielt's mit kühnem Blick
und sein Gespür für Menschenwürde
galt Persiens Geschick.

Ruinen sind die stummen Zeugen
am Rand der Wüstenei,
das Perservolk wird sich nie beugen
der üblen Tyrannei.

Verletzte Säulen und Gemäuer
versanden still am Rand,
durch Alexanders wilde Feuer
einst sinnlos abgebrannt.

Persepolis, des Djamschids Traum,
mit Schiraz eng verbunden,
verdorrt wie ein gefällter Baum
mit Rosen auf den Wunden.

In den Tempeln singt das Feuer
wie in alten Tagen,
als Zarathustra es entfacht.
Niemand wird es wagen,
die Glut zu löschen in dem Schrein,
Flamme heißt hier Wahrheit,
und in unserem Erdensein
schenkt sie uns auch Klarheit.

Schiraz, Mutter aller Rosen,
Dichter und Poeten,
Philosophen, tadellosen
Künstler und Asketen,
du windest deinen Blütenkranz
aus Gole Maryam
kühn gegen Hass, Intoleranz,
bewahrst ihn wundersam.

An deinen Hängen wachsen Reben
mit süßen Traubenzungen,
die Hafez einst in seinem Leben
bedichtet und besungen.

Schirazi, holder Dichterwein,
geweiht den alten Schenken
und auch Chayyam fand sich dort ein,
um seiner zu gedenken.

Der Liebende im Eram dringt
in heimliche Verstecke,
Gelächter und Getuschel klingt
hinter verschwiegner Hecke.
Und sein Palast im Königsgarten
stand schon vor tausend Jahren,
hier ließ Leila den Madschnun warten
und ohne Hoffnung harren.

Geh ich durch seine Gartenpracht
auf still verwaisten Wegen,
tret' ich den Boden mit Bedacht,
als würde er sich regen.

Manch Blumenwangige ging hier
und ist wieder vergangen,
aus dem Gebein bricht Blumenzier
und Mohn wird blutrot prangen.

Tonscherben, die den Boden küssen,
zeugten von prallem Leben,
der Bettler und der König müssen
am Ende sich ergeben.

Schiraz, du lächelst mir so heiter,
leb wohl, ich danke dir!
Die Karawane zieht nun weiter.
Mein Herz jedoch bleibt hier.

Schiraz, 2011

Tausendund(k)eine Nacht

Goldener Becher funkelt im Licht
der Sterne, das nur der Mondstrahl bricht.
Purpurner Wein durch die Kehlen rinnt,
dem Schatten gleich huscht ein Dschinn[1] geschwind,
entzündet den Weihrauch im Räucherpfännchen,
das Lampenöl brennt im steinernen Kännchen.
Aus der Ferne ertönt der Klang der Ney[2].
‚Ach Liebster, heut sind wir glücklich und frei!',
flüstert manche der blumigen Schönen.
'Leg Dich zu mir und lass Dich verwöhnen!'

Ein Wispern, ein Raunen geht durch die Nacht:
Schehrezad' hat neue Märchen erdacht.
Sie sitzt auf dem Diwan und lächelt zart,
Sehnsucht im Blick, doch ihr Wille ist hart.
Sie meistert die Lage, wird alles geben,
denn Nacht für Nacht bangt sie um ihr Leben.
Roter Mund, mit dem sie lockend spricht
von Liebe, wenn ihr das Herz auch bricht.
Sie lässt den Blick in die Ferne schweifen.
Oh, Schicksal! Ich werde Dich nie begreifen!

Im Harem brennen tausend Kerzen,
das Spiel der Tar[3] entflammt die Herzen.
Sinnlich wiegt sich im Schleiertanz
die Sklavin und entblößt sich ganz.
Und dort in dem geheimen Garten
will Asal auf Abdullah warten.
Es tönt das Lied der Nachtigall,
nach Rosen duftet's überall.

Aus dunklem Auge glimmt das Feuer,
'Geliebte, ach, Du bist mir teuer',
flüstert der Jüngling liebestrunken.
Sein Herz, ein feurig sprühender Funken,
von Sternen beschirmt, der Himmel sein Zelt,
in den Armen der Liebsten versinkt seine Welt.

---

1 Dschinn = Geist; 2 Ney = Rohrflöte; 3 Tar = Saiteninstrument

Ein Glöckchen erklingt, ein Stockhieb, ein Schrei,
Karawanen ziehen beladen vorbei
auf der Seidenstraße durch staubigen Sand
mit kostbaren Waren aus fernem Land.
Da zeigt sich ein Trugbild am Horizont,
die Fata-Morgana – sie führt gekonnt
manch müden Wanderer ins Verderben,
und lässt ihn im Meer des Sandes sterben.

Leicht heben sich Palmenwedel im Wind,
Kamele bringen die Reiter geschwind
zu Palästen aus glänzendem Marmorstein,
so prachtvoll erbaut wie aus Elfenbein.
Jasminblüten schwängern gleißende Luft
mit ihrem Atem beraubenden Duft.
Zikaden zirpen am Wegesrand,
so friedlich wirkt hier das Morgenland.

Wehmütig blickt Schehrezad' in die Ferne.
Am Himmel verblassen langsam die Sterne,
darunter die Erde verbrannt und geschändet,
der Glaube dahin, dass alles gut endet.
Nach wie vor muss sie um ihr Leben bangen,
weil Rituale sie dazu zwangen.
Ihr Mund ist verschlossen, ihr bleibt keine Wahl
und Märchen empfindet sie nur noch als Qual.
Mehr als tausend Nächte sind vergangen
und sie bleibt in ihren Märchen gefangen,
ohne Hoffnung im Herzen – niemals mehr frei.
Tausend-und-eine-Nacht? Der Traum ist vorbei.

2012

Iranischer Frühling

In welcher Gasse der Zeit
ist der Frühling verloren gegangen,
dass die Vögel nicht mehr singen?

Auf meinen grünen Augen,
wachsen schwarze Tulpen
unter der Sonne des Vergessens.

Statt süßer Küsse huschen
Ratten über Granatapfelmünder
und pressen Pflaster darauf.

Rechenaufgaben mit Blut
auf Stein geschrieben werden gelöscht
durch den Klang der Peitsche.

Murmelnde Greise verschließen
Türen, auf dass schöne Mädchen
hinter den Gittern verkümmern.

Und oben auf den Minaretten
zählen schwarze Fledermäuse
die Gräber unserer Kinder.

Teheran, 2009

Der Dichter

Unser Frühling kam über Nacht und
verließ uns vor Sonnenaufgang,
bevor seine Knospen erblühten.

Hass zerstörte unsere Häuser,
strömte bis in die Tiefen und
vergiftete in jähem Angriff
unsere Quelle.

Ich versteckte meine Worte
in einem Buch und verschloss
es in der Schatulle meiner Hoffnung.

Sag, mein Freund, wie
kann ich dichten
auf der Asche der Toten?

Wie kann ich dichten, dort,
wo der Sommer der Winter ist,
wo das Eis das Leben tilgt und
die Erde das Fleisch speist?

Wie kann ich lieben, dort,
wo blutige Tränen
die Nebel der Nacht sprenkeln?

Hilf mir, mein Freund!
Der Kreis des Unrechts
schließt sich mit
diesem letzten Schrei ... !

gewidmet dem Bahai-Dichter Atolli Derakhshan,
der 2012 in Mazandaran/Iran festgenommen wurde
und seitdem als verschollen gilt

Schwester im Iran

Unter den Flügeln der Nacht
gleite ich wie ein Schatten
durch vergessene Gassen.

Die Sterne unter meinen
Augenlidern sind verbrannt
an den Suren der Heuchler.

In der Ferne erstirbt die Fontäne
einer gesummten Melodie durch
einen letzten Hilfeschrei.

Asche ist auf mein Haar gefallen,
der Spiegel der Erinnerung erblindete
und ruft vergeblich meinen Namen.

Doch meine Gedanken überlasse ich
den Flammen wie der Sonne den Tau,
damit sie neu geboren werden.

2. Januar 2018
Zum Gedenken an alle persischen Mütter,
deren Kinder zu Opfern des Gewaltregimes
im Iran wurden.

Gebloggt

Zwischen den Buchstaben schreibe
ich mein Leben und mit jeder Zeile
stirbt die Hoffnung wie eine vergessene
Blume, die sich in den Maschen
geheimer Drahtzäune verfängt.

Im Abstand von Sekunden öffnet
der Drache sein Maul, um
die Wahrheit zu verschlingen,
öffnen die Wunden ihre Münder,
um der Freiheit zu entsagen.

Die Häscher zügeln den Wind
und vor mir eilt die Zeit weitere
vierundzwanzig Stufen hinauf, um
in den Abendweg zu gleiten, dorthin,
wo das graue Tor ins Nichts führt.

Noch unreif werden meine Worte
von den Lippen gepflückt, fliegen
meine Gedichte durch den Äther,
verstummt meine Stimme unter
den Schlagstöcken der Gerechten.

2013, den verhafteten Bloggern im Iran

Vogel der Morgenröte

Auf dem Tisch trocknet Blut und
die letzte Kerze erlischt, die ich
für Dich entzündete, hoffend,
ihre Flamme würde das Gefängnis
der Angst erleuchten.

Ich versprach Dir nichts, nur
dieses Licht. Meine Gedanken
spinne ich um Deine Gitterstäbe,
während ich nach den Sternen in
Deinen Augen suche.

Ich fange einen Mondstrahl, um ihn
in Dein Herz zu pflanzen. Die Wellen
am Strand huschen tagaus tagein davon
wie die Zeit, die uns nicht mehr bleibt.
Der Frieden atmet sich aus.

Und die Nacht? Diese treulose Geliebte
betrügt den Mond mit den Sternen.
Oh, Himmel, schenke mir eine Wolke,
auf der ich träumen kann, um den
Menschenfischern zu entrinnen.

Ach, Vogel der Morgenröte, weine nicht!
Fliehe dem Käfig der Finsternis und
verkünde Deine Botschaft. Berichte der
Welt vom Wunder der Liebe. Singe!
Singe Dich in die Kammern aller Herzen.

*Teheran, 6. März 2019, gewidmet der Menschenrechts-
anwältin Nasrin Sotoudeh, die am gleichen Tage zu
33 Jahren Haft und 148 Peitschenschlägen verurteilt wurde.*

Mutter im Krieg

Es wird kein Morgen geben, der Tod hat
unsere Kinder wie süße Trauben gesammelt.
Es wird keine Quelle fließen, deren Kraft
sich mit dem Meer vereinen könnte.

Muss ich die Regentropfen zählen,
um das Gedeihen jungen Weizens zu kennen?
Muss ich dem Flug der Zugvögel folgen,
die sich aus offenen Gräbern erheben?

Ach, könnte ich meine Liebe
mit den Stimmen der Kinder füllen!
Ach, könnte ich nur Brücken bauen
zwischen gestern und heute für ihr Lachen!

Auf ewig hat der Trauervogel sein Nest
in den Garten meines Herzens gebaut.
Hier hält er Wache über schwarzen Eiern,
gefüllt mit Erinnerung an unsere Kinder.

1986, Iran-Irak-Krieg

Aufbäumen

Von der bösen Macht gelenkt,
die mich an den Fäden hält,
züchtig meinen Blick gesenkt,
schickt sie mich in diese Welt.

Eingepackt in das Klischee
deckt ein Schleier meine Haare
und dahinter die Idee:
Bin als Frau nicht Mensch, nur Ware.

Frömmelnd murmeln sie die Sure,
meine Freiheit zu entrechten,
und sie nennen mich barsch Hure,
trotze ich, wenn sie mich knechten.

Ziehen mit Gewalt die Fäden,
meinen Willen aufzubrechen,
und mit Strafen, üblen Reden,
sich an mir als Frau zu rächen.

Unterdrückung, Hass, Gewalt
packen sie in ihren Glauben,
um in teuflischer Gestalt
mir zu setzen Daumenschrauben.

Nein, ich lasse mich nicht beugen,
wenn sie ihre Peitsche schwingen,
bleib mir treu, wird stets bezeugen
und mein Lied von Gleichheit singen.

Hab den Schleier abgenommen,
lass die Freiheit in die Haare,
ich weiß, unsere Zeit wird kommen,
Hoffnung ich im Herzen wahre.

Mag ich auch im Dunkeln staken,
will ich lieben und nicht hassen.
Hätte ich euch jetzt am Haken,
würde ich euch fallen lassen.

2018
Zur Erinnerung an den Aufstand im Iran zur
Jahreswende 2017/2018 und gewidmet allen
mutigen Frauen – wie Setareh – die nicht mehr
gewillt sind, sich weiter unterdrücken zu lassen.

Die orientalische Frau

Mein Schleier schließt sich wie
eine Fessel um meinen Willen.
Ach, entblöße nicht mein Haar, denn
seine Nacktheit ist beleidigend.

Bin ich verdammt, weil ich dort, wo die
Sonne aufgeht, geboren wurde? Verhüllt
im Gewand meiner Trauer schaue ich
den Schatten beim Wachsen zu.

Auf meiner Stirn steht die Inschrift
meines Leides in Suren geschrieben,
in einer Schrift, gnadenlos und vertraut,
deren Sinn ich nicht verstehen kann.

Wie glanzlos ist die Rose im Schatten,
wie duftlos die durstige Gol-e Maryam.
Nie werden sie den Wind im Haar verspüren,
nur flügellos am Boden haften.

Noch schwebt die Seele meiner Kindheit
über stille Gartenwege auf der
Suche nach verlorenen Gesängen
und unschuldigen Blumen.

So öffne ich die Ketten und Schlösser
meines Kerkers und halte mein leuchtendes
Herz wie eine Trophäe in die Sonne, damit sie
MICH widerspiegeln kann.

Yazd

Yazd, aus Lehm geformt wie die Töpfe
im Basar, Stadt eines freien Geistes, dessen
Spuren Jahrtausende alte Geschichte in
den Wüstensand geschrieben haben!

Ach, könnte ich am Brunnenrand verweilen,
zusammengerollt wie jene Straßenkatze,
deren Fell Sonnenstrahlen liebkosen, und
die Stille des Mittags genießen!

In den Kaminen der Windfänger summen
Luftgeister verlorene Melodien, um in
den Türmen des Schweigens im Flügelschlag
der Geier zu tanzen.

Der Atem der Seidenstraße haucht seinen Sand
über verlassene Karawanenwege, brennt
Erinnerungen an das ewige Feuer mit
Wehmut in mein Herz.

Kein Schwarzmantel löscht diese Flamme des
Lichts. Niemand vermag die Stimme meiner
Gedanken zu töten. Solange ihr Klang ertönt,
lebt Hoffnung in mir ...

Iran, 2009

Yalda (Windersonnenwende)

Vorbei der Finsternis dunkle Macht,
in dieser herrlichen Yalda-Nacht.
Gott Mithras ist dem Licht entstiegen,
die dunkle Bosheit zu besiegen.

Erlösung wird uns der Sonnenball spenden,
die Tyrannei der Schatten beenden,
die schleichend in unsere Träume kamen
und unsere Seelen gefangen nahmen.

Komm Liebster, lass uns heut Liebe schwören,
mein Granatapfelmund wird Dich küssend betören,
lass uns lachen, fröhliche Lieder singen,
dem Mithra Liebesopfer darbringen,
bis Morgenrot unsere Körper bedeckt
und Sonnengestirn neues Leben erweckt.

Der alte vorislamische Glaube besagt, dass Mithra aus dem Licht, welches aus dem Elburs-Gebirge strahlte, geboren wurde. In der Antike versammelten sich die Iraner in dieser Nacht in Höhlen entlang des Gebirgszuges, um bei Dämmerung Zeuge dieses Wunders zu werden. Yalda ist auch die Nacht der Liebenden.

Die Frau im roten Kleid

Auf Teherans Straßen
im rubinroten Kleid,
sah man sie wandeln
von Zeit zu Zeit.

Die Arme entblößt,
unbedeckt das Haupt,
einerlei scheint es ihr,
ob das erlaubt.

Durch wallendes Haar
der Sommerwind streicht,
als sie den Prinzen
der Zeit erreicht.

Den Blick sehnsuchtsvoll
auf die Uhr gerichtet,
mit der Zeit, die verrinnt
wird die Hoffnung vernichtet.

Wo bleibt er, der Liebste,
der einst zu ihr sprach?
Nun gleicht sie der Rose,
die im Sturm zerbrach.

Noch hört sie ihn flüstern:
»Trage das Kleid,
das Rote! Ich warte beim
Prinzen der Zeit.

Meine Liebe zu dir
wird niemals brechen,
solange ich lebe. Das ist
ein Versprechen!«

Frauen gehen vorüber
in schwarzen Tschadoren,
betrachten sie traurig,
die ewig verloren.

Ihr Geist liegt im Nebel
das Haar wurde grau,
selbst die harten Milizen
verschonen die Frau.

Und lassen sie ziehen,
die nunmehr verwirrt
Jahr für Jahr durch
Teherans Straßen irrt.

Ihr Liebster wird nimmermehr
zu ihr kommen,
sein Leben ward ihm
gewaltsam genommen.

Man hat ihn erschossen
und heimlich verscharrt,
sie hat's nie verwunden.
Die Wahrheit zu hart.

Ein neuer Tag graute,
als man sie fand.
Sie lag friedlich lächelnd
am Straßenrand.

Mit dem Liebsten ist
sie wieder vereint.
Man hat sie begraben
und um sie geweint.

Die Sonne scheint auf die
trockene Erde,
es heißt, dass am Grabe
nichts wachsen werde.

Da öffnet sich zaghaft
der Erdenschoß,
hervor lugt ein Blümchen,
kleinfingergroß.

Die blutrote Blume
unverzagt steht,
zum Zeichen, dass Liebe
niemals vergeht.

2010 – Die Frau im roten Kleid hat es tatsächlich gegeben. In einem weiteren Buch, das ich mit Geschichten iranischer Frauen zu füllen gedenke, wird auch sie einen Platz mit diesem Gedicht finden. Sie hieß Yaghut – Rubin

Wilde Rosen

Seid gegrüßt, ihr edlen Rosen,
in der Freiheit wilder Pracht,
mögen Stürme euch umtosen,
schützt euch sanft der Tau der Nacht.

Tropfen, die sich niedersenken,
mildern die Gewitterglut,
werden eure Kelche tränken,
füllen Leben mit der Flut.

Kranz, geschmückt mit wilden Rosen,
legt das Schicksal mir ins Haar,
mir, der Fremden, Heimatlosen,
in den Stunden der Gefahr.

2010

Erdbeben

Ich taumele, spüre den Boden wanken,
die Fenster erzittern, die Tische schwanken,
»Hilf mir, mein Liebster! – Siehst Du nicht,
wie um uns herum die Welt zerbricht?

Die Mauern bersten im Donnergrollen,
die Fenster zersplittern und Steine rollen,
die Angst kriecht hinauf über bebende Wände ...
Mein Liebster, ich bitte Dich, halt meine Hände!

Die Gärten, die Straßen, die Wege beben
und alles, was atmet, rennt um sein Leben,
wie Streichhölzer sehe ich Bäume brechen.
Mein Liebster, die Schreie – ich kann nicht mehr sprechen.

Die Erde öffnet verletzt ihren Schoß,
die Häuser zerfallen mit einem Stoß,
als wären sie Spielzeug aus Porzellan,
Mein Liebster – halte das Grauen an!

Die Erdkruste birst mit schmerzvollem Schrei,
vergräbt viele Menschen, dann ist es vorbei.
In Deinen Armen, umfangen, geborgen,
fühl ich mich beschützt. Es gibt einen Morgen.

Ins Schweigen gellen Sirenen sehr schrill ...
Steh auf, mein Geliebter! – Warum bist Du so still?

gewidmet den Erdbebenopfern im Iran 12.11.2017

Verlustmeldung

Kein Schutz mehr
über dem Sein, die Erde
erbricht sich, spült
unter ihrem Leichentuch
das Leben davon.
Im Strom treiben
schuhlose Füße
ins Nirgendwo

Entzaubert das Lächeln
auf bleichen Lippen
zum letzten Bekenntnis.
Blicke leeren sich
im Tal der Mutlosigkeit,
dort, wo das Erbarmen
versinkt und der Tod
Regie führt.

Abgesang an den
Atem der Zeit, das
Erwachen einer Zelle
wächst zu einem Meer
aus Abermillionen Tränen,
vereint in einem einzigen
Tropfen, ein Ozean
verflossenen Glücks.

Frühjahr 2019 – Den Opfern einer der größten iranischen Flutkatastrophen

Durst

Das Plätschern des Wassers
trug meinen Durst
mit sich fort.
Ach, könnte ich
wie der wilde Schwan
in den Spiegel tauchen
oder als schwarzes
Fischlein über die
Kiesel perlender
Quellen gleiten.

Meine Lippen sind
trocken wie die Steppe
in der Mittagsglut,
mein Puls trommelt
eine Abschiedsmelodie.
Die Liebe hat ihre
Wolken verschlossen,
weil sie der Sonne
glaubte.
Nun vermisse ich das
Weinen des Frühlings.

2017

Wohin

Ich wandere zwischen den Welten
und habe mich selbst verloren,
schlaf bei den Nomaden in Zelten,
wo einst meine Ahnen geboren.

Im Norden packt mich die Sehnsucht,
weil Eis mir das Herz gefriert,
und such ich im Süden dann Zuflucht,
wird er von Tyrannen regiert.

Ich bleibe ein Kind aller Winde,
treib unstet durch Wüste und Meer,
bin frei und ohne Gebinde,
und Träume – die hab ich nicht mehr.

2010

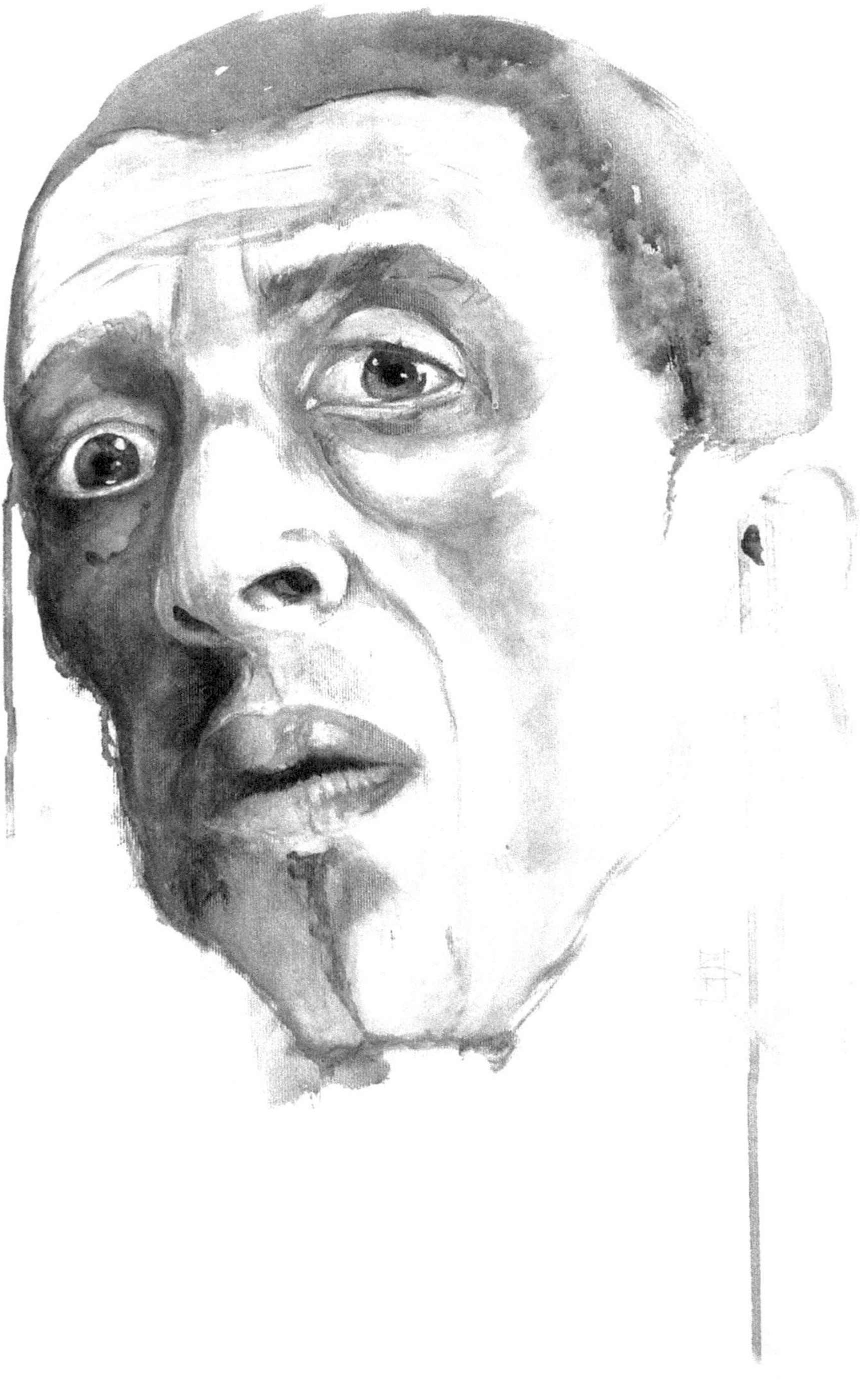

Wo der Osten den Westen umarmt

Im Osten, fern im Morgenland,
sind meine Wurzeln tief vergraben
und über heißem Wüstensand
winkt mir der Zagros so erhaben.
Im Süden, wo die Rosen blühen,
hab ich die Liebe einst gefunden,
sie ließ die Wangen mir erglühen
und hat sich in mein Herz gewunden.

Nun leb ich hier im fremden Tal,
die Heimat habe ich verloren,
es blieb mir keine andere Wahl,
mein Schicksal hat's mir auserkoren.
Doch nahm es mir mein Lächeln nicht
und auch die Liebe blieb mir treu,
so schau ich denn mit Zuversicht
ins Leben und gestalt' es neu.

Bin Freund im Leben, niemals Feind,
will Hass und Kälte überwinden,
was mir von Herzen gut erscheint
will ich auf meinen Wegen finden.
Will Brücken bauen, Frieden schaffen,
für Menschen da sein, sie verstehn,
wünsch mir ein Dasein ohne Waffen –
Ach, könnt ich nur am Weltrad drehn!

2017

Robaiyat

Ein Tropfen fiel, versank im Meer.
Ein Sandkorn legt sich auf die Erde,
Den Sinn – ich sah ihn nimmermehr,
denn was einst lebte, Staub nur werde.

Begegnungen ...

Die Welt ist auch ohne uns alles,
aber wir sind ohne die Welt nichts ...

Café International

Flüstern, Tuscheln, leises Lachen,
Kaffee schwarz mit Sahnehäubchen,
ein Gewirr von vielen Sprachen,
händchenhaltend Liebestäubchen.

Mancher liest ein dickes Buch
und ein anderer Zeitungsblätter,
das Gespräch bleibt beim Versuch,
plaudert man nur übers Wetter.

In der Ecke des Cafés geht's
hoch her und ungeniert
führt ein Mann laut Wort und stets
wird dies heftig diskutiert.

Hildegard und Khashayar
wollen es nochmal versuchen,
schön war's doch, was einmal war,
tuscheln sie beim Erdbeerkuchen.

Konzentriert am Einzeltisch
sitzt beleibt ein schwarzer Mann
isst den Strudel, apfelfrisch,
dekoriert mit Marzipan.

Asiatisch zwei Chinesen,
dort am Fenster ohne Worte,
zu den Füßen Pekinesen,
löffelnd Schokoladentorte.

Ich schlürf' aus der blauen Tasse
Türkentrank, auf den ich steh'
meinen Blick ich schweifen lasse:
Unsere Welt ist ein Café.

2015

Marionettentheater

Ich kann eine Marionette sein,
die Welt mit gläsernen Augen betrachten,
in meinen Karton aus Elfenbein
den Körper gestopft, die Freiheit verachten.

Tag für Tag auf der Bühne die Glieder verrenken,
setz ich einen Schritt, so hält mich der Strang,
ich brauche nicht einmal selber zu denken,
denn mich führt die Hand im Dunkel entlang.

Verlier meine Stimme, die Lippen geschlossen,
denn oben, da spricht es für mich durch die Nacht
und Worte sind durch den Äther geflossen,
ein wachsames Auge gibt auf mich Acht.

Ich will keine Marionette sein,
an Fäden gehalten mit blindem Blick,
und leb ich in einer Welt aus Stein,
so lenkt mich kein Spieler nach seinem Geschick.

Ich werde nicht schweigen, die Stimme erheben,
droht mir auch der Kerker, vielleicht gar der Strang,
und mag auch mein Herz in der Stille erbeben,
so führt mich die Freiheit am Abgrund entlang.

Packt mich dann der Zweifel, vielleicht auch das Grauen,
dann bitt ich euch, zeigt mir den Spiegel her,
mir frei, ohne Furcht in die Augen zu schauen,
will ich niemals missen – NIMMERMEHR.

2008

Narrenhaus

Die Welt ist unser Narrenhaus,
wir gehen darin ein und aus.
So mancher Narr noch Hoffnung hegt
und Licht in fensterlose Räume trägt ...

2015

Weiter nichts

Er bohrt sich ein mit gelbem Kleide
in Tiefen unserer Eingeweide.
Ein jeder kennt die finstre Seite,
die reizvoll lockt mit dunkler Macht,
wobei der Teufel jenen reite,
der sich zu seinem Schergen macht.
Er ändert ständig sein Gesicht
und jagst du ihn, du kriegst ihn nicht.

Für ihn ist's reizvoll zu betrachten,
wenn guter Vorsatz kläglich scheitert,
wenn Menschen sich so sehr verachten,
und ein Geschwür entsetzlich eitert,
Bricht es dann auf, gibt's Zorn und Leid,
denn es ist weiter nichts als Neid.

2013

Nichts

Nichts zu machen, nichts zu sagen,
hat zwei Seiten, das ist klar,
doch wenn Du in diesen Tagen
schweigst, ist die Gefahr schon da.

Nichts in diesen Zeiten denken,
Hippokrates wird's verstehen,
Nichts kann unser Schicksal lenken,
wenn wir selbst nicht für uns stehen.

(mit einer Umarmung an Hippokrates)

Noch mehr Nichts

Ein Nichts sind Löcher in dem Käse,
ein Nichts soll nutzen, doch nur wem?
Ein Nichts ist Wind ohne Gebläse,
Ein Nichts ist manchmal ein Problem.

Ein Leer lässt sich noch etwas füllen,
jedoch ein Nichts hat keine Ränder,
Ein Nichts kann niemanden verhüllen,
hat keine Knöpfe, keine Bänder.

Ein Nichts, das möchte ich nicht haben,
weil dieses Nichts mir nichts verheißt,
ein Nichts ist auch mein Bankguthaben,
und Nichts ist mancher Menschen Geist.

Nichts ist einfach

Nun haben wir der Nichtse zwei,
das, was nicht sein kann oder will,
das andere wohl, was möglich sei:
ein Nichts, das nichts ist – das ist schrill.

Ein Nichts vom Nichts kannst Du kaum finden,
trachte danach, ein Was zu binden.

Mit Nichts zufrieden, das wird schwer.
Besitz – hier muss ein Was schnell her.
Ich denke, wer zufrieden ist,
hat niemals Was und Nichts vermisst.

Gib Dich nicht auf nur für ein Nichts,
mein lieber Freund, denn angesichts
eines – recht – nichtigen Gedichts
freut sich nur mancher Habenichts.

Das Nichts-Geschenk

Ich hab darüber nachgedacht,
was Dir wohl eine Freude macht.
So hab ich Dich danach gefragt,
doch du hast einfach »Nichts« gesagt.

Ein Nichts zu finden, das ist schwer,
dennoch bemühte ich mich sehr.
Ich habe nach dem Nichts gesucht
und hab es insgeheim verflucht.

Ja, so vergingen Tage – Stunden,
am Ende hab ich nichts gefunden.
Da wurde mir ganz plötzlich klar:
Mit einem Nichts steh ich blöd da.

Das ist gemein, ich fühl mich echt –
vielleicht zu Unrecht – ziemlich schlecht.
Ein Nichts zu schenken ist fürbass
doch alles andere als ein Spaß.

Ich schenk Dir einen grünen Schein.
Kauf Dir Dein Nichts nun schön allein!

2013

Die Straßenmusikantin

Ich treibe ziellos durch die Gassen,
geschoben von den Menschenmassen,
die zwanghaft streben in die Läden,
um sich dem Kaufrausch zu ergeben.

Die Kassen klingeln, Leuchtreklamen
blenden das Auge und die Namen
der Marken gleichen dem Gestirn,
sie prägen sich ganz tief ins Hirn.

Von fern dringt mir ein Lied ans Ohr,
das sich im Straßenlärm verlor.
Manch ein Flaneur verhält zum Spaße
im Lärm der bunten Einkaufsstraße.

Aus dem Akkordeon klingt leise
nur traurige Zigeunerweise.
Die Frau, sie spielt mit müdem Blick,
denkt weder vorwärts noch zurück.

Ihr Lächeln wirkt wie eingefroren,
sie wirkt im Trubel so verloren.
Vor ihr im Sand ein Tuch mit Stein,
ein Mann wirft ein paar Cents hinein.

Sie hebt den Blick: »Ich danke Dir!«
– und morgen sitzt sie wieder hier …

2012

Der Drachen

Als Kind ließ ich jauchzend den Drachen steigen
und schoss er empor in luftige Höhen,
da wurde es mir ums Herz so eigen,
auch ich wollt die Welt mal von oben sehen.

Der Herbst griff den Drachen mit windiger Hand,
ließ ihn tanzen und wirbeln im luftigen Raum,
und ich stand tief unten und hielt fest das Band,
der Flug zu den Wolken blieb für mich nur ein Traum.

2008

Dankbar

Denke nie, was Du versäumtest –
zählt das Leben auch die Jahre –
alles, was Du Dir erträumtest,
wandelt sich ins Wunderbare.

Schenkst Du jedem Tag den Wert,
glücklich ihn gelebt zu haben,
hat das Leben Dich gelehrt
im Erkennen seiner Gaben.

1991

Mauern

Mir fällt es schwer, den Weg
in Deine Welt zu finden,
Dich selbst verloren drohst Du nun
in einem Wunschtraum zu erblinden.

Auf schmalen Pfaden taste ich
verirrend durch Dein Labyrinth,
das Faustpfand Deines Ideals,
wo weglos Hürden sperrend sind.

Das größte Hindernis bist Du,
bist nie bereit, mal einzulenken
und mauerst alle Wege zu,
willst niemandem Vertrauen schenken.

Du stehst erstarrt, weichst keinen Schritt,
um Dich an Dir vorbei zu lassen
und bist Dein eigener Stolperstein.
Ach, könnt ich Dich nur gehen lassen.

Du sprichst so häufig vom Erfolg,
der Dir entging, wobei Du fluchst.
Wie kann ich Dir zur Seite stehen,
wenn Du nur nach den Maurern suchst?

für K., 2014

Menschen

Einen Menschen zu bekehren,
hieße auch, ihn etwas lehren,
da geraten wir in Zwist,
weil er unbelehrbar ist.

Menschen sind sehr gern Solisten
und vor allem Egoisten,
kämpfen stets um die Reviere,
dabei sind sie Herdentiere,
die allein zu Grunde gehen ...
also – davon abgesehen:

Nimm die Menschen, wie sie sind
und erwart‘ kein Wunderkind ...

1986

Unwiderruflich

Im Garten der Toten
war ich heute wandeln
an schweigenden Gräbern,
der Tod will nicht handeln.

Ein Stein, unbehauen,
erhebt sich grandios
mit Namen des Toten,
die Schrift riesengroß
gegen Sterben, Vergessen
und Seelennot –
auch sie wird verblassen,
denn Tod ist tot.

2018

Selbstbetrachtung

Nicht immer fest hielt ich die Zügel,
als ich mein Pferd des Lebens ritt.
Ich kämpfte gegen Mühlenflügel
wie Don Quichote – und ich litt.

Ich ritt durch Höhen und durch Tiefen,
stets auf der Suche nach dem Grund
und weckte Hunde, die tief schliefen,
verbrannte mir zu oft den Mund.

Lief niemals nur auf glatten Wegen,
wich Stolpersteinen niemals aus,
war mancher Feind mir überlegen,
so zog ich meine Lehre draus.

Ich traf auf Menschen voller Liebe,
die mir ihr Herz zu Füßen legten,
ertrug auch Schmähungen und Hiebe,
die mich erniedrigten und prägten.

Bin sehr oft laut und selten leise,
so ungestüm, voll Ungeduld,
ertrage es in keinster Weise,
wenn jemand leidet ohne Schuld.

Die Menschen lieb ich immer wieder,
so wird es bis zum Ende sein.
Ich schreibe, singe Freiheitslieder,
glaub an das Recht für Groß und Klein.

Den Hass, den will ich stets verneinen,
so wird auch die Gewalt vermieden,
wenn Gleichgesinnte sich vereinen,
erschaffen wir gemeinsam Frieden.

2018

Auf der Wiederholspur

Ach, wie der Frühling mich erfreut!
Manch Sünde hab ich still bereut,
geboren in den Jugendtagen.
Das Alter hat sie fortgetragen.

Ich trug mein Herz stets auf der Zunge,
schrie den Protest aus voller Lunge,
wenn wir uns gegen Unrecht wehrten.
Wo sind sie hin, die Kampfgefährten?

Die Unschuld war so wunderbar.
Ich steckte Blumen mir ins Haar,
sang von der Freiheit meine Lieder.
Die Zeiten kehren nimmer wieder.

Heut tanze ich auf dem Vulkan,
kämpf gegen Hass und Massenwahn
in Hoffnung, Liebe wird es richten.
Jedoch der Nebel wird sich dichten.

Ihn zu durchdringen, fällt nicht leicht,
der Boden unter mir scheint seicht
und Jahre prägen mich mit Falten.
Mein Alter ist nicht aufzuhalten.

Der Herbst schenkt mir noch etwas Zeit
und flüstert leis: »Mach Dich bereit.
Die Blumen sind zwar längst verblüht,
doch Hoffnung unter Asche glüht.

Drum schau auf meinen Blättermund,
die Welt ist immer noch sehr bunt.
Die Blüte welkt, es ist nicht schade,
aus Obst wird Saft und Limonade.

Gib niemals auf und tanze weiter.
Schau in den Spiegel, bleibe heiter,
füg stets Dein Herzenslicht hinzu.
Verlass Dich nie – bleib einfach Du … « *2019*

Vollkommen

Ein Sonnenstrahl, der Dunkles bricht,
eine Welt, die ihren Frieden findet,
ein Mensch, der hält, was er verspricht,
eine Liebe, die sich ewig bindet,
ein Reicher, der dem Armen gibt,
ein liebes Wort zur rechten Zeit,
ein Freund, der mich von Herzen liebt –
das ist für mich
Vollkommenheit.

2014

Der Sog der Zeit

Der Mensch treibt hin im Sog der Zeit,
teilt Zukunft und Vergangenheit,
lebt allzu schnell die Gegenwart,
weil er in Hast die Zeit einspart.

Wohl dem, der Muscheln lauschen kann,
er spürt den weiten Ozean
in seinem Ohr, in seinem Sinn
wird Meeresrauschen zum Gewinn.

Erkenntnis wird uns bald zuteil,
die Schönheit liegt stets im Detail,
in jedem Blümchen winzigklein
spürst Du, die Anmut liegt im Sein.

2009

Weise oder Närrin?

Sie hat im Leben viel erfahren,
gebeugt, ein wenig schwer der Gang,
ihr Geist blieb wach in all den Jahren
noch immer fest der Stimme Klang.

Der Winter schaut aus ihren Augen,
die Sonne kost schlohweißes Haar,
in das sich Abendstrahlen saugen
und das einst braun und üppig war.

Die Zeit schrieb Falten ins Gesicht,
zeichnet die Furchen Jahr um Jahr
und die Bilanz die daraus spricht,
erzählt ein Leben, wie es war.

Ein Hauch von Lächeln auf den Lippen,
in anderen Sphären die Gedanken,
sie streicht verstohlen ihre Rippen,
und weiß, das Alter lässt sie kranken.

Wir sitzen in dem Blumengarten,
die Dämmerung verhüllt die Pracht
roter Geranien und dem zarten
Hibiskus in der Sommernacht.

Ich lausche gerne den Geschichten,
so herrlich klar von ihr erzählt
und hin und wieder auch Gedichten,
die sie aus dem Gedächtnis wählt.

Obwohl das Leben oftmals Bürde
nach über 95 Jahren,
trägt sie es stolz und auch mit Würde,
was sie gelernt und auch erfahren.

Sie spricht zu mir mit leichtem Schmunzeln:
»Was ich im Alter haben kann ...?
Die Welt!« – und schelmisch unter Runzeln:
»... nur leider keinen jungen Mann!«

für Maria, 2012

Walpurgisnacht

Es wirft in der Walpurgisnacht
der Teufel Schatten an die Wand,
vom Hexenfeuer angefacht,
tanzt er mit Weibern Hand in Hand.
Ihm sind sie treu ergeben,
im Tod wie auch im Leben

Von fern tönt schwerer Glockenklang,
ab jetzt gilt Satans Wette,
Mephisto naht sich unerkannt,
holt sich das Weib ins Bette.
Die Schwarze Kunst ist splitternackt,
besiegelt ist der Hexenpakt.

Sie blättert starr im Hexenbuch,
beschwört die alten Sprüche,
und schwefelnd stinkender Geruch
dringt tief aus Teufels Küche.
Im Feuer Kohlen glühen,
wirbelnd die Funken sprühen,

Das Hexenweib fliegt ungezähmt
auf seinem Zauberbesen,
der Blick des Mannes wird gelähmt
vom Leib und wildem Wesen.
Bald wird sie ihn berühren,
für immer ihn verführen.

Walpurgisnacht, das Reisig knistert,
die Hitze brennt, der Nachtwind flüstert,
der Blick verklärt, es flammt das Blut,
sei auf der Hut vor dieser Glut,
die Kraft des Mannes schmilzt dahin,
durch Hexenkunst und Teufels Sinn.

2015

Ruinen

Geschichten leben in alten Gemäuern,
die halbverfallen am Straßenrand stehen.
Sie flüstern von ihren Abenteuern,
wenn wir an ihnen vorüber gehen.

Die Risse, wie Falten im greisen Gesicht,
lassen Erinnerungen auferstehen.
Die Kruste schon von der Fassade bricht,
einst haben auch blinde Fenster gesehen.

2015

Seitenverkehrt

Ein Jammertal ist manche Not,
das wir als Reisende durchziehen,
und der Gedanke an den Tod,
gilt nur dafür, uns selbst zu fliehen.

Manch einer schaut mit trübem Blick
nur hinter sich, was er verlor,
und übersieht dabei das Glück,
obwohl er steht direkt davor.

Randnotiz

Die Sonne schenkt uns lange Schatten,
wird an dem Kreislauf nie ermatten,
in dem wir kommen und vergehen,
begegnen und uns wiedersehen ...

Der Stein der Weisen

So mancher sucht den Stein der Weisen
und will die halbe Welt umkreisen,
vermutet ihn in weiter Ferne,
erforscht den Himmel und die Sterne,
durchstreift die Wüsten und die Steppen –
letztendlich macht er sich zum Deppen.

Die Spuren nach dem Sinn des Lebens
suchst in der Ferne Du vergebens.
Willst Du nach wahren Werten streben,
dann fange an mit Deinem Leben.
Sei das Gefäß und lass sie ein,
denn Weisheit ist wie alter Wein.

2014

Brückengänge

Ich schreite über
eine Brücke,
gedankenstill,
den Blick versenkt.
In allem, was die Erde
mir geschenkt,
seh ich die Schönheit,
werde hier verweilen.
Reich mir die Hand,
oh Leben, lass uns eilen
und leite vorwärts mich,
solang ich rückwärts blicke.

2012

Manchmal

Manchmal wird mir die Luft
so dünn. Dann lasse ich meine
aus Verzweiflung geborenen Worte
hinaus in die Welt.

Niemand vermag sie zu fangen.
Meine Hoffnung lässt sie frei im
Raum schweben und Einlass in
in ein Gedicht finden.

Dabei schlagen sie Kapriolen und
vollführen Buchstabentänze,
meine Kinder, die ihre Unschuld
bewahren sollen.

Niemals ermüden sie, finden ihre Wege
in die Vorkammern der Herzen, in deren
Winkeln Zwischenzeilenworte auf
ihr Erwachen warten.

Ach, könnten wir gemeinsam Worte
finden für ein neues Gedicht, das uns
miteinander eint und auf das wir
unsere Träume buchstabieren.

2019

Narren

Die Narren sind nicht immer leise,
sie scheppern mit der Narrenrassel,
doch tief im Herzen sind sie weise,
und zeigen ohne Angst Schlamassel ...

Der Traum vom Fliegen

Ich frag, warum man oft vergisst,
wieso glaubt kaum ein Mensch daran,
dass er frei wie ein Vogel ist
und doch in Wahrheit fliegen kann.

Umspinnt Dich auch ein graues Netz,
in dem du hilflos Dich verfangen,
Gewalt, Gewohnheit und Gesetz,
ein Netz aus Grenzen, Angst und Bangen.

Es grenzt nicht nur der Stacheldraht,
auch Dummheit und begrenzte Zeit,
die minutiös dem Tode naht
die Grenzen eigener Fähigkeit ...

Wenn Du vom Leben müde bist,
dann öffne endlich Deine Schwingen.
wenn auch begrenzt Dein Leben ist.
Lern Fliegen, es wird Dir gelingen ...

2014

Regenbogen

Ich schaukle auf dem Regenbogen,
kopfüber in die Welt hinein,
bin mit dem Wolkenschiff geflogen,
im Herzen Kind, wird's immer sein.

2017

Seifenblasen

Seifenblasen, bunte Träume,
treiben gänzlich unberührt,
gleiten sanft durch unsere Räume,
Illusion, die uns verführt.

Schau, sie schweben und sie schwingen
fragil, scheinbar willenlos,
willst Du sie nach Hause bringen,
sterben sie bedenkenlos.

Folg den zarten Luftgebilden,
ohne ihre Haut zu tasten,
lass Dich leiten zu Gefilden,
Deine Schwermut zu entlasten

Und schon spürst Du ohne Schranken,
wie Dein Herz sich öffnen will,
und es fliegen die Gedanken
hoch ins Licht – und lächeln still.

2017

Kränze

Einen Kranz aus Erinnerungen
zu winden war gestern. Heute
winde ich ihn aus Hoffnungen
und Träumen und schenke ihn
der Gegenwart.

Meinen letzten Kranz werden
andere für mich winden –
doch fürchte ich ihn nicht.

Die Besucher

Im Weltall regnet's rote Sterne,
der Mond zeigt sich heut dunkelgrün,
die Erde bebt und in der Ferne
seh ich Kometen hell verglühn.
Wir Menschen halten uns verborgen
oder versuchen zu entfliehn,
am Himmel graut ein schwarzer Morgen,
an dem die Wolken lila ziehn.

In unseren Ohren dröhnt ein Brausen,
es klingt, als naht der letzte Tag.
Ich schau empor und spüre Grausen,
dann ist es still mit einem Schlag.
Die Flotte aus den Himmelszelten,
senkt sich hernieder auf die Erde,
sie bringt Besucher ferner Welten.
Und kopflos rennt die Menschenherde.

Wer wagt es schon, sie zu empfangen,
die ungebetnen fremden Gäste?
Was mögen sie von uns verlangen?
Uns selber fehlen die Proteste.
Im Kreis harrt man geduckt zuhauf,
versteckt vor jenen Unbenannten,
die Angst frisst unsere Seelen auf
vor diesen seltsamen Gesandten.

Geräuschlos heben sich nun Türen.
Im gleißend hellem Rampenlicht
steht ohne jedwede Allüren
ein kleiner himbeerroter Wicht.
Er gleitet vorwärts wie im Eifer,
verhält, als blende ihn die Sicht,
und hebt zum Gruße seine Greifer,
denn Hände hat er leider nicht.

Zudem fehlt ihm der Mund zum Sprechen,
auch eine Stimme gab es nie,
als wollte er die Schranken brechen,
entspringt ihm eine Melodie.
Ich komm, singt sie, in tiefem Frieden,
der heut zu euch in Liebe spricht,
sind wir im Äußern auch verschieden,
so sind es unsere Herzen nicht.

Doch als die Melodie verklungen,
fällt in die Stille jäh ein Schuss,
der Wicht sinkt in die Knie gezwungen
und auch mit Frieden ist nun Schluss.

Im Dunkeln hat sich das Böse vereint,
das Raumschiff bricht ab die Mission
und ein himbeerrotes Männchen beweint
den Tod der Zivilisation.

2014

Ende der Freiheit

Hinter hohen Gittern döst
der Wüstenkönig,
losgelöst
von der Weite
in die Enge gebannt,
darbt fern er der Heimat,
unerkannt.

Verharrt im Gang tagaus, tagein,
begafft von Menschen
und doch allein,
sein Blick streift leer
in die Ferne,
für ihn hat die Nacht
keine Sterne.

Sein Atem dampft, von Zorn ergriffen,
aus seiner Brust dringt
ungeschliffen
ein Donnergrollen, schwillt
empor ohne Macht
zum hilflosen Brüllen,
jede Nacht.

Er wirft sich gegen die Käfigstäbe
damit er spürt, dass er
noch lebe.
Im Mähnenhaar leuchtet
der alte Glanz,
jedoch seinen Augen
fehlt er ganz.

Sein wildes ungestümes Leben
ist ausgelöscht hinter
Gitterstäben.
Er lässt sich fallen,
siecht still dahin
Freiheit in Fesseln, wo
liegt der Sinn?

2014

Garten der Menschheit

Auf meinem Garten liegt ein Schatten,
kein Sonnenstrahl kann ihn vertreiben.
Die Blütenkelche, sie ermatten,
was einst gedieh, wird nicht mehr bleiben.

Der graue Schleier will nicht weichen,
verdrängt erbarmungslos das Licht,
aus Erdenboden wachsen Zeichen,
die Angst erzeugen und Verzicht.

Wo bist Du, Schmetterling der Liebe?
Warum schweigst Du, oh, Nachtigall?
Verwelkt sind all die jungen Triebe
und selbst der Wind raunt von Verfall.

In Totenstille ruht mein Garten,
der Frieden hält dort seinen Schlaf,
bis man ihn weckt, ich werde warten,
weil ich doch seiner nur bedarf.

Er ruht auf dem Vergissmeinnicht,
das Blümlein streichelt seine Wange,
und raunt ihm leise ins Gesicht:
»Mein Lieber, schlaf nicht allzu lange.«

Dem Menschengarten droht das Sterben
ihm fehlt das Mitgefühl zum Leid.
Und wir? Wir stehen vor den Scherben
von Ignoranz und Eitelkeit.

Gedankengilb

Ein Buch steht einsam, ungelesen,
verstaubt in einem Buchregal,
darin befinden sich die Thesen
zu Frieden, Krieg und Scheinmoral.

Ein Denker hatte es geschrieben,
er ruht nun still in seinem Grab,
und außer Asche nichts geblieben,
sein Wissen nahm er mit hinab.

Auf einem Stapel liegen Schriften
von Philosophen überdacht,
die einst beseelt mit eil'gen Stiften
den Spirit zu Papier gebracht.

Im Raum herrscht Stille, nur ein Feuer
prasselt gemütlich im Kamin,
doch ist der Frieden nicht geheuer,
schon lässt der Ruß ein Wölkchen zieh'n.

Auf leisen Füßen huscht ein Mäuschen
über vergilbte Bücherleichen,
die Katze ist ganz aus dem Häuschen,
eifrig bemüht, es zu erreichen.

Und nun beginnen Katz und Maus
ihr Fangspiel listig zu gestalten,
das Mäuschen fürchtet den Garaus,
es gilt, die Katze fernzuhalten.

Die Katze feixt, sie ist längst satt,
doch findet sie am Spiel Gefallen
jagt hämisch unsere graue Maus,
fährt letztlich aus die scharfen Krallen.

Die Frage stellt sich immer wieder:
Bringt's wirklich Freude zu vernichten?
Hier ähnelt Mensch sich mehr als Tier,
da nützen keine Lehrgeschichten.

Regentropfen

Es scheint,
als ob zwei Regentropfen
verstohlen an Dein Fenster klopfen.

Auch wenn sie
auf dem Kopfe stehen,
ist unsere Welt darin zu sehen.

Was hörst Du
diese Tropfen sagen,
die leise an der Scheibe klagen?

Ihr seid es
doch, die Eure Welt
tagtäglich auf den Kopf gestellt!

Wenn Fische Tränen weinen ...

Wenn Fische Tränen weinen,
dann funkeln alle Wellen,
wenn Feuer auf den Steinen
die Finsternis erhellen,
wenn dunkle Wolken raunen
am lichten Sonnensaum,
wenn Kindsaugen bestaunen
den goldenen Märchenbaum,
wenn wir einander stützen
in Zeiten der Gefahr,
uns lieben und beschützen,
sind Menschheitsträume wahr.

virtuell

Umgeben vom Gespensterreigen,
reih ich mich ein in diesen Tanz.
Die Welt hier dreht sich seltsam eigen,
ist nicht zu greifen, die Substanz
seh ich in manchem schönen Wort,
schnell wie die Zeit ist es verhaucht
und was ich niederschrieb, weht fort
ist morgen schon verwelkt, verbraucht.

Zuguterletzt

Böse Geister tauschen
ihre Gewänder, verbergen
hinter polierten Masken
trübe Lügengespinste.

Hasser verbrennen Restposten
an Friedensnestern,
während Aschevögel
tote Blumen beweinen.

Die Erdenhaut lodert
und aus ihren Poren
entweicht das Seufzen
verlorener Zeit.

Worauf wartet ihr?
Umarmt Euch! Gebt die
Liebe frei, um dem Frieden
Schwingen zu verleihen.

2020

Die nackte Wahrheit

Die Wahrheit liegt nackt vor der Tür,
doch diese bleibt verschlossen,
dahinter warten Trug und List
und hadern mit der Willkür,
die hat im Zorn erschossen
die Menschlichkeit – im Zwist.

Wird sich die Wahrheit wenden?
Ach, ihr ist lausig kalt
von Hinterlist und Lügen.
Wer wird das Spiel vollenden
um Hass und von Gewalt,
wenn alle sich betrügen?

Die Wahrheit liegt erfroren,
in der Novembernacht,
die Mordtat wurde nicht geglaubt.
Wir Menschen sind nur Toren,
in dieser üblen Schlacht,
in der man unsere Würde raubt.

2014

Wahrheitsnotiz

Wahrheit ist eine unsterbliche Pflanze.
Selbst wenn wir sie tief vergraben,
wird sie unbeirrt ans Licht streben.

Zeitzeichen

Der Quellenmund bleibt
verschlossen,
dem Himmelsgewölbe
wachsen Rabenflügel.

Wetterhexen speien Feuer,
treiben ihr Grauen
über nackten Boden,
der sich erbricht.

Die Zeit zeichnet Gleichmut
in menschliche Pupillen.

Ach, würde uns nur der
warme Regen erfrischen und
vor dem Sturm bewahren, der
uns ins Nichts treibt.

Die Zeit ...

Zeit kennt keine Eile,
ohne Raum und Ort,
plagt Dich Langweile,
so treibt es Dich fort.

Du bewegst Dich im Kreise,
im Uhrzeigersinn,
doch die Zeit schmunzelt weise,
dahin ist dahin.

Im Gesicht wachsen Falten,
doch die Zeit lächelt still,
Du kannst sie nicht halten,
weil sie es so will ...

Nostalgie

Die Jahre sind vorbeigeflossen,
was einst geblüht, ist still vergangen;
hab jeden Atemzug genossen,
jetzt hält mich Nostalgie umfangen.

Die Jugendzeit verging im Fluge
mein Sommerkleid ist abgestreift,
ein Wimpernschlag in kurzem Zuge
heißt Leben – wie man es begreift.

Der Herbst zählt meine Restbestände,
noch führt mein Geist die Hand mit Kraft,
schreibt meine Poesie an Wände,
so losgelöst, bis sie erschlafft

Gedichte sind Gedankensplitter,
sie springen Wort für Wort ins Herz,
mal sind sie heilsam, manchmal bitter,
jedoch im Sinn so stark wie Erz.

Das Leben mischt erneut die Karten,
die Sanduhr läuft, es rinnt die Zeit,
der Winter lässt nicht auf sich warten,
und flüstert leis: Mach Dich bereit!

2018

Randnotiz

Vergänglich ist das Menschenleben.
Wer einmal geht, kehrt nicht zurück.
Hat er uns jedoch Licht gegeben,
liegt im Erinnern unser Glück.

Appell

Verlasse die Furcht,
Deine alte Feindin!

Betrete rebellischen Boden,
dort, wo die Träume der
Helden ruhen.
Presse Saft aus Steinen
der Gewohnheit
und segne die Stacheln
wilder Disteln, damit sie unter
Deinen Worten erblühen.

Sprich mit den Lilien,
den Todgeweihten,
liebe die Menschenblumen
in ihrer Buntheit,
spanne Brücken zu den
Ufern der Ungewissheit,
damit auch die Elenden
hoffen dürfen.

Lausche dem Lied aller
Nachtigallen und
atme den Himmel.
Vertreibe die Herrschaft
grausamer Schatten.
Ist nicht der Staub aus
Fleisch entstanden und
wurde nicht Fleisch zu Lehm?

Herrlich ist die Lichtgeburt,
entsprungen aus der Finsternis.

Methusalem

Er zählt schon viele Menschenleben,
sah Menschenkinder kommen – gehen,
es war vom Schicksal ihm gegeben
so vieles in der Welt zu sehen.

Die Zeit zeichnete sein Gesicht
mit Furchen und mit Falten,
es liest sich fein wie ein Gedicht
und rein ist sein Verhalten.

Aus Augen, die so leuchtend schauen,
blickt gütig er und würdevoll;
ich spüre, ich kann ihm vertrauen,
und weiß nun, was ich fragen soll.

»Die Frage quält mich – ist's erlaubt?
Was zählt im Menschenleben?«
Einer Ikone gleicht sein Haupt –
kann er mir Antwort geben?

»Die Weisheit«, spricht er, »liebes Kind,
ist schwierig zu erringen.
Wir alle doch nur Krüge sind,
die bersten und zerspringen.

Ein Kunststück ist es aufzufangen,
den Geist im irdenen Gefäß,
übe Geduld, dies zu erlangen,
nur das ist unserer Art gemäß.«

Froh küss' ich seine Hand und geh
und steh plötzlich im Regen,
der Bus fährt fort wie eh und je
- ich hab heut nichts dagegen.

2008

Dasein

Zwei salzige Tränen
auf der Wange der Zeit
gleiten sacht in die Unendlichkeit.

Wir sind aus gleichem Stoff
gemacht wie Meeresschaum
und unser kleines Leben
ist nur ein kurzer Traum.

Wo endet,
was dereinst begonnen?
Im Spinnennetz der Zeit
sind alle Fäden längst gesponnen.

für Filiz, 1993

Winterschlaf

Stille! Schneeflocken tanzen im Reigen
milchiges Licht taucht Wald und Flur,
darüber liegt ein Mantel aus Schweigen
gekrönt vom Winterhimmel nur.

Tonlos! Vergeblich stehst Du und lauscht
nach eines Raben heiserem Schrei,
kein Windstoß durch die Tannen rauscht.
Selbst die Zeit verhält wie durch Zauberei.

Nur Dein Schritt verliert sich auf Winterwegen
unter Bäumen, die vom Schnee behangen
im Schlaf erstarrt, nichts vermag sich zu regen,
selbst die Quelle ist unter dem Eis gefangen.

Ich folge den Spuren, mein Herz hör' ich klopfen,
der Tag will zerfließen und Mondlicht erwacht,
heiße Tränen von meinen Wangen tropfen
auf diese eisige Winterpracht.

2013

Steinerne Gedanken

Steine ruhen im Meer unserer Zeit,
geformt von Wasser und Wind,
sie überdauern Freude und Leid,
wohl weil sie unsterblich sind.

Wir stolpern und laufen auf Steinen,
unbedacht ihrer heilenden Kraft.
Wir atmen sie, Steine erscheinen
uns von Zeit zu Zeit zauberhaft.

Ungewortet lag ein fremder Stein
am Weg, du nahmst ihn in die Hand
und trugst ihn heim, er wurde Dein,
als der Natur ihr stetes Pfand.

Du treibst den Meißel in sein Herz,
willst Deiner Kunst den Namen geben.
Der Stein spürt hierbei keinen Schmerz,
doch wirst Du in ihm weiterleben.

Bald wird Dir der letzte Stein geschenkt,
so lautet der Menschheit Wille,
im Gleichschritt durch ruhige Wege gelenkt,
Dich erwartend im Garten der Stille.

Sieben Rosen

Einstmals liebt' ich sieben Rosen,
Blütenzauber im Gewand,
tat sie mit den Lippen kosen,
als der Sommer zog durchs Land.

Rosenduft umfing mich gestern,
ach, mein Herz schlug voller Lust,
ja, sie waren sieben Schwestern
sich des Welkens nicht bewusst.

Eine jede mich verführte,
Rosenliebreiz im Gesicht,
als ihr Zauber mich berührte,
dacht' ich an das Sterben nicht.

Winterfrost umkrallt die Zweige,
Vogelsang erklingt nicht mehr
und ihr Leben ging zur Neige,
sieben Rosen sind nicht mehr.

Schattenherz

Im Herbst, wo Winde Blätter fangen,
die Nächte um die Tage werben,
wo milchig-weiß der Mond verhangen,
im Stundenglas Sekunden sterben,
malt mir indes mit flinker Hand
der Teufel Schatten an die Wand.

Kühl zieht ein Windhauch durch den Raum,
so bang flackert das Kerzenlicht,
der Schattenmann erscheint im Traum,
tanzt mit dem Tod und sein Gesicht
lächelt mir überirdisch schön,
was bleibt mir, als mit ihm zu gehn …

2016

Abschied von Anja

Noch höre ich Dein frohes Lachen,
so frei und unbeschwert,
nun bist Du still von uns gegangen –
niemand, der wiederkehrt.

Das Abendrot hüllt sich in Schweigen,
ein Trost der Sonne, die verheißt,
will sie den Himmel auch verlassen,
das Leben um den Tod stets kreist.

Wir waren Reisende im Dasein,
schon drängt sich mahnend
schwarz die Nacht, verdunkelt Licht,
den Todesengel ahnend.

Ein Schatten schwebt durch meine
Räume, ein Rufen aus der Anderswelt,
und in dem Dickicht dunkler Träume,
da lächelst Du, weil nichts Dich hält.

Leb wohl, Du Freundin alter Zeiten,
Wir sehen uns in der Zwischenwelt,
mögen Dich liebe Engel leiten,
dort, wo das Licht die Nacht erhellt.

Oktober 2014

Gedanken auf dem Friedhof

Sind wir nicht seltsame Wesen,
indem wir über verwesenden Leibern
blühende Gärten errichten
und im gleichen Atemzuge
den Garten des Lebens vernichten?

1996

Am Ende des Weges

Vorbei die Zeit der Nachtigallen,
die in des Sommertraumes Stillen
erfüllten mit Gesang den Garten,
wo Liebende im Kuss verharrten,
und Rebensaft schwächte den Willen,
um dort einander zu verfallen.

Der Boden ist nun frostgeschwächt
und roter Wein durch Kehlen rinnt,
der Becher fällt aus trunk'ner Hand
und Schatten zeichnen an der Wand
die Träume, die verloren sind,
bis sie der Morgen ausgezecht.

Ein alter Mann im Trunke weint,
gebeugt von der Erinnerung,
Eisblumen ranken um sein Herz.
Den Becher – mit der Hand vereint –
hebt er nun an zum letzten Trunk.
und erster Schnee deckt seinen Schmerz

Ein Wesen streichelt seine Wangen,
entzündet Kerzen, spendet Liebe
im Rotlicht dieser stillen Nacht.
Als er im Morgenlicht erwacht
verflucht er sich und seine Triebe
und Einsamkeit nimmt ihn gefangen.

Er wankt durch menschenleere Gassen
im nackten Scheine der Laternen
auf Straßen, die zu Eis gefroren.
Schon glaubt er sich der Welt verloren,
da flüstert es aus allen Sternen:
Die Liebe wird Dich nie verlassen.

Dichterseele

Die Hand, die schreibt
im Abendlicht,
die Zeile bleibt,
ich mag sie nicht,
ich streiche
einfach rigoros,
ich weiche
fort, was ist denn los?
Was ich da schrieb,
das klingt verworren,
was übrig blieb,
ist auch verloren ...

Mein Kopf ist hohl,
ein Vakuum,
fühl mich nicht wohl
- nur einfach dumm.
Die Leere weicht –
kein Schaffensdrang,
hab nichts erreicht.
Werd' ich nun krank?

Ich fliege fort
so in Gedanken
an einen Ort,
wo keine Schranken
mich nur behindern,
frei zu sein,
den Schmerz zu lindern
mir allein,
der sich mir tief
ins Herz gegraben,
die Welt hängt schief,
da sind nur Narben.

Ich ritt
auf Dir, mein Dichterpferd,
ich stritt,
war völlig unbeschwert.
Wo flogst Du hin,
mein Pegasus?
Wo liegt der Sinn?
ich mach jetzt Schluss!

Herbststille

Das Städtchen ruht im Sonnenschein,
der Herbstwind bläst den müden Staub.
Ich lausche still in mich hinein
und schreite über welkes Laub.

Milchweiß leuchtet das Sonnenlicht
durch schütt're Kronen alter Bäume,
der Blätterfall spricht von Verzicht
auf all die schönen Sommerträume.

Und auf dem stillen Marktplatz sitzt
ein bronz'ner Narr vor alten Türen.
Ich schau ihn an, er lacht verschmitzt,
als wollt' er mich zum Ulk verführen.

Auf meinem Herzen ruhen Narben,
sie heilen auch nicht mit der Zeit.
Das sterbend Laub hüllt sich in Farben
zum Abschied von der Leichtigkeit.

2018

Natur

Sehnsucht heißt die Blütezeit des Frühlings,
während uns der Herbst die Haare
mit welkem Laub färbt.

Frühlings zarte Bande

Klar wie Kristall die Bächlein fließen,
aus allen Zweigen Knospen sprießen,
und um des Stammes trockne Rinde
schlingt sich das Grün mit zart' Gebinde,
frohlockend unterm Sonnenschein.

Ein sanfter Wind streift durch den Hain,
lässt goldene Osterglocken klingen,
umtanzt von bunten Schmetterlingen,
die Lerche auf dem Felde singt
ihr altes Lied, das frisch beschwingt
in alle Blütenkelche dringt.

Der Frühling liebkost blasse Wangen,
lässt darauf Rosenrot zart prangen,
dringt tief hinab, berührt die Herzen,
vertreibt die dunklen Winterschmerzen,
schenkt müden Augen leuchtend Strahlen,
will Hoffnung in die Seelen malen.

Die Liebe hält mich stets im Warmen
mit Heiterkeit in ihren Armen,
Ich spüre sie, wohin ich schau
und weiß: Frühling ist eine Frau ...

2015

Blütezeit

Noch gestern stand ein Kirschenbaum
schneeweiß im zarten Hochzeitskleid,
nun säumen Blüten seinen Saum,
als hätt' er sich davon befreit.

Sie schweben sanft zum Boden nieder
wie Schmetterlinge in der Luft,
Singvögel flöten ihre Lieder
und zart umhüllt mich Blumenduft.

Ach, könnte ich die Zeit anhalten
in diesem einz'gen Augenblick!
Doch lenken höhere Gewalten
für unsere Erde das Geschick.

Die Zeit wird niemals stille stehen,
der Frühling meines Lebens endet,
nach Herbst und Sommer muss ich gehen,
wenn sich das Blatt des Lebens wendet.

Ein Schatten huscht, will ich verzagen?
Da seh ich meinen Apfelbaum,
den Freund aus alten Kindertagen,
er schenkte mir so manchen Traum.

Ich kletterte in seinen Zweigen,
er gab mir Halt auf festem Ast
und lehrte durch beredtes Schweigen
stets Ruhe vor des Tages Hast.

Er war der Baum, mich zu behüten,
ich teilte mit ihm Freud und Leid.
Nun steht er da, gekrönt von Blüten,
im rosa-weißen Festtagskleid.

Ich schmiege mich an seine Rinde,
da neigt er seine Krone sacht
und spricht zu mir wie einem Kinde:
»Ich weiß, was Dir das Herz schwermacht.

Such stets nach Wahrheit, meid Gerüchte,
denn Wachstum ist uns eine Gnade.
Aus meinen Blüten werden Früchte
und daraus Mus und Marmelade.

Das Schicksal reicht Dir jederzeit
die Hand in allen Lebenslagen,
mal trägst Du Frucht, mal Blütenkleid,
genieß die Zeiten ohne Fragen.«

April 2019

Am Lagerfeuer

Funken sprühen durch die Nacht,
und durchs Reisig fährt der Wind,
der das Feuer neu entfacht,
fauchend heult es auf geschwind.

Da, ein Waldkauz krächzt verträumt,
Zweige knistern in der Ferne,
wo der Wald die Lichtung säumt,
Himmelszelt verzieren Sterne.

Letzte Glut hält sich verborgen,
Aschenebel darauf sinkt,
es erwacht ein neuer Morgen,
dessen Hauch nun Kühle bringt.

2011

Frühlingsfreude

Klirrend
bricht das Eis im See,
Tautropfen
an Halmen weinen,
Sonnenlicht
schmilzt letzten Schnee,
zartes Grün
sprießt zwischen Steinen.

Frühlingshauch
liegt in der Luft,
Mutterboden
wird erweckt,
und aus kühler
dunkler Gruft
grüner Keim
zum Licht sich reckt.

Erde
öffnet ihren Schoß,
aus ihr blüht
das neue Leben,
überwuchert
Moder, Moos.
Neue Hoffnung,
neues Leben!

2002

Schmetterling

Schmetterling, was flatterst du
zärtlich um die Blüten?
Bist stets ohne Rast und Ruh.
Wer wird dich nur hüten?

Die Natur mit ihrer Macht,
Schönheit zu verleihen,
hebt die Sonne, deckt die Nacht,
wird dem Schlaf dich weihen.

Erster Morgengruß

Der junge Tag ist nun erwacht
und alle Träume dieser Nacht
hat jetzt der Morgentau gefangen.

Im ersten Licht die Vögel sangen,
die Blumenkelche blühen, werden,
sie sind das Lächeln hier auf Erden.

Das Herz der Sonne strahlt hernieder,
es leuchtet warm im Menschen wieder,
erweckt die Hoffnung auf den Frieden.

Sind Menschenkinder auch verschieden
im Denken, Tun, und ihren Trieben,
vereint sie alle doch das Lieben.

Die Tulpe

Er wollte Frühling in den Wänden haben,
so nahm der Mensch sich einen Topf aus Ton
und hat die Tulpenzwiebel tief darin vergraben,
bald keimte sie, begann zu blühen schon.

Wie lieblich ließ ihr Purpurrot sie kleiden,
das Menschenauge ruht darauf entzückt.
Doch plötzlich plagte sie ein seltsam' Leiden.

Sie wurde schwach, das Blumenkleid zerdrückt,
ihr Tulpenkelch gebeugt und ohne Kräfte,
das frohe Rot entschwindet, will verblassen,
aus ihren Adern weichen alle Säfte.

Weil dieses Menschenkind zu tränken sie vergaß,
wird sie nun Frühlings-los ins Totenreich entlassen
liegt langsam sterbend vor gefülltem Wasserglas.

Was lehrt das Leben uns zu dem Geschehen?
Reicht es allein, das Schöne anzusehen?
Wir sind gefragt, es liebevoll zu hegen,
nur damit können wir die Welt bewegen.

Wer Schmetterlinge lachen hört ...

Wer Schmetterlinge lachen hört,
der spürt die feinen Töne.
Und jeder, der uns Liebe schwört,
öffnet in uns das Schöne.

Gruß an den Pusteschopf

Ich grüße heut den Pusteschopf
mit seiner kahlen Platte,
ihm fehlt manch Schirmchen auf dem Kopf,
das gestern er noch hatte.

Auch für die Letzten wird es Zeit
für ihre kurze Reise,
schon machen sie sich flugbereit,
der Wind umweht sie leise.

Dann bläht er seine Backen auf.
Seht, wie die Schirmchen fliegen!
Mutter Natur nimmt ihren Lauf,
wird immer wieder siegen.

Vollendung

Ein Schleier rührt die Dämmerung,
durch die sich sanft und milchig bricht
des Tages letztes Sonnenlicht.

Die Stille senkt sich auf die Wälder
und Bäume werden Lichtgestalten,
sind wie im Zauber nicht zu halten.

Ich hör ein Singen und ein Raunen,
schau, wie sie sich im Tanze wiegen.
einander in den Ästen liegen.

Und hier und da erklingt Getuschel:
Ich will Dir ewig Liebe schwören,
will Dir mit Stamm und Blatt gehören.

Die Nacht schmückt nun das Himmelszelt,
beendet Tanz und Liebesreigen,
die Stille jedoch lächelt weise … im Schweigen.

Kleines Wunder (Gedicht an einen Marienkäfer)

Ein runder Panzer, rot gelackt
umschließt Dein kleines Herz,
so bist Du gänzlich gut verpackt,
von äußerlichem Schmerz.

Ich wünscht', ich wäre so wie Du
und könnt mich besser schützen.
Ich schlösse meinen Panzer zu,
doch wird er mir auch nützen?

Du trägst darunter Flügelein,
hast feine Flugmethoden,
kannst jederzeit in Freiheit sein,
doch ich bleib auf dem Boden.

2009

Fliegenpilz

Ach, wunderschöner Fliegenpilz,
Du schenkst mir bunte Märchenträume.
Im scharlachroten Herbstzeitkleid
stehst Du im Schutze alter Bäume.

Doch wehe dem, der nach dir trachtet
und dich aus deinem Leben bricht,
um dich mit Wonne zu verspeisen ...
er stirbt, bevor ein Wort er spricht.

Hoffnung

Die Wolkenschafe ziehen weiter,
von ferne klingen frohe Lieder,
der Himmelsbogen zeigt sich heiter
und Morgensonne hebt sich wieder.
Sie streichelt wärmend mein Gesicht.

Die Tulpe lacht am Wegesrand,
Sperlinge zwitschern in den Zweigen,
ein neuer Frühling färbt das Land,
und erste Bienlein tanzen Reigen.
Und überall nur Duft und Licht.

2010

Weidenkätzchen

Aus des Weidenzweiges Rinde,
bricht hervor mit aller Macht,
flauschig weiß und gar nicht kratzig
Kätzchens sanfte Blütenpracht,
lacht dem Sonnenstrahl entgegen,
zart berühre ich sein Fell
und der Frühling schmunzelt blumig,
küsst mich auf die Wange schnell.

Glühwürmchen

Der letzte Ton ist längst verklungen,
verschluckt vom Dunkel dieser Nacht,
das Lied, das wir hier einst gesungen,
sprach von dem Glück der Liebesmacht.

Umgeben von den blauen Schleiern,
denen kein Sternlein scheinen will,
ruht auf mir Schweigen zäh und bleiern.
Ach, Deine Stimme bleibt nun still.

Das Auge feucht, die Tränen fließen,
mein Liebster ist nun nimmermehr,
die Tür in mir droht sich zu schließen,
im Herzen ist's mir bang und leer.

Die Landschaft ruht, es ist so leise,
ich suche Halt an einem Baum,
da klingt auf einmal eine Weise,
verhalten, wie in einem Traum.

Ein Lichtlein scheint sich zu entzünden,
ihm folgen viele hinterdrein,
sie schweben zu mir und verkünden:
Nie wieder sollst Du einsam sein.

Glühwürmchen schwirren auf und nieder
zum letzten Tanz, sie sind so heiter,
ein Tuscheln füllt die Stille wieder:
Schau nur, das Leben geht doch weiter.

Mein Auge folgt dem frohen Reigen,
da hör ich seine Stimme sprechen:
Spür Liebste mich, ich will Dir zeigen,
nichts kann den Pakt der Liebe brechen.

Mag auch das Sterben uns kurz trennen,
bleib ich Dir nah, wo ich auch bin,
was uns verbindet, wird stets brennen,
denn darin liegt der Liebe Sinn.

Glühwürmchen tanzen, kann ihn spüren,
denn seine Botschaft lebt in mir,
würd ihn zum Abschied gern berühren,
was auch geschah, es gibt ein WIR.

2018

Elfengeflüster

Zur Vollmondnacht im Elfenhain
wird froh geplaudert und gestrickt
mit Elfengarn hauchzart und fein,
kein Menschenaug' es je erblickt.

Weit klingt ihr glockenhelles Lachen
hoch aus den Kronen alter Bäume,
wenn Elfen Kapriolen machen,
frei schwebend durch die Märchenträume.

Anmutig schreiten sie zum Tanz,
zum schmeichelnden Schalmeientone,
verliert ein Elfchen die Balance,
fällt von dem Elfenhaar die Krone.

Sie leuchtet heller als ein Stern
im feuchten Gras zu Baumes Füßen,
der stille Wanderer schaut sie gern
und weiß, dass ihn die Elfen grüßen.

2018

Gänseblümchen

Im grünen, feuchten Wiesengrunde
wächst mir ein Blümchen, das ich mag,
umkränzt von zarter Blätterrunde
schaut eine Sonne in den Tag.

Ach, Gänseblümchen, Federweiß
umrandet lieblich Dein Gesicht,
ich schau mit Freuden Dich und weiß,
Du rührst mein Herz und machst es licht.

Der Frühling schlief und über Nacht
ergreift der Frost Dein Blütenkleid,
umhüllt es eisig und mit Macht,
Du aber trotzt ihm allezeit.

Ach, Gänseblümchen, Sonnenstern,
bist Du auch klein, zeigst Du Dich stark,
von Dir lern ich fürs Leben gern,
was Dein Geheimnis mir verbarg.

2017

Gänseblümchens Leid

Ach, das Gänseblümchen schwelgte
in der Liebe auf den Weiden,
eine Hand brach es, nun welkte
dieses Kleinod, vor dem Leiden
konnte niemand es bewahren.

Oh, es lauern die Gefahren.
Gänseblümchen musste sterben,
weil ein Mensch so unbedacht
seine Schönheit wollt erwerben.
Liebe hat es nicht erbracht.

Gänse und Blümchen

Zwei Gänschen ruhen auf der Wiese,
wo frei die Gänseblümchen blühen.
Sie heißen Gunnar und Elise
und warten auf das Abendglühen.

Wenn bald die Sonne untergeht,
die Blümchen ihre Köpfe senken,
dann schnattert froh das Gänsepaar
um ihres Frühlings zu gedenken.

Bald greift der Herbst ins Sommerleben,
die Blümchen welken Stund um Stund,
sie haben Freude uns gegeben,
die Gänschen sind nun dick und rund.

So manche von den armen Tröpfen
werden geschlachtet und gebraten,
und landen in den Schlemmertöpfen
man spricht, sie seien gut geraten ...

Hauhechel-Bläuling

Oh, Schmetterling, oh, Schmetterling,
Du schwebst so leicht im Sommerwind,
taumelst vergnügt von Kelch zu Kelch,
gleichst übermütig einem Kind.

Hauhechel-Bläuling! Schmetterling,
schau ich Dich an, frag ich mich eben:
Wer konnte Dir, dem zarten Falter,
einen so schweren Namen geben?

Altes Land

Wie sehr lieb ich das Alte Land
mit seinen Obst-beladenen Bäumen;
ich wandere still am Elbestrand,
verliere mich in Kindheitsträumen.

Endlose Marschen hinter Deichen,
auf denen stoisch Schafe grasen,
hier muss die Sturmflut Stärke weichen,
und ihren Zorn im Sand verblasen.

Der Ostwind greift mir flugs ins Haar,
zerrt daran lachend wie ein Kind,
mir ist, als raunt er: Ist Dir klar,
wie viele Jahr' vergangen sind?

Die Frühlingstage sind vorbei,
als ich noch jung und unbeschwert,
bunt war des Sommers Malerei,
ich weiß, dass er nicht wiederkehrt.

Nun hat der Herbst mich fest im Griff,
so wie das Land welkt nun mein Haar,
wie auf den Wellen dort das Schiff,
das einst ein stolzer Dampfer war.

Mein Altes Land ist manchmal stur,
will sich dem Alter nicht ergeben.
Hier schließt der Kreislauf der Natur,
wie Ebbe – Flut ist unser Leben.

November 2019

Sonnenaufgang

Ach, wie könnte ich versinken
in die Anmut kleiner Blumen,
und mein Auge ruht in grünen
Trieben auf dem Ackerkrumen.
Werde nicht im Leid ertrinken,
das ich hab so oft ertragen,
steh fest auf des Lebens Bühnen,
kämpfe gegen Niederlagen.

Immer wieder werd' ich lauschen
in die Stille … ohne Leere,
möchte mit der Lerche tauschen:
Siegerin der Erdenschwere,
hebe frei mich in die Lüfte,
gleite sorglos mit dem Wind,
fühle, spüre, atme Düfte
weiß, wo meine Träume sind.

Golden hebt sich nun die Sonne
und begrüßt den neuen Morgen,
hüllt mich wärmend in die Arme,
küssend meiner Seele Sorgen.
Und es fließen die Gedanken,
klar und offen wird die Sicht,
überwinden Grenzen, Schranken,
alles um mich hell und licht.

2012

Löwenzahn

Ach, Blümelein, Du stehst im Licht,
Dein warmes Gelb ist eitel Wonne,
wie gern schau ich Dir ins Gesicht,
denn darin spiegelt sich die Sonne
in tausend Zähnchen, Frühlingskleide.

Selbst, wenn die Blütezeit vergeht,
bleibst Du mir eine Augenweide,
weil auch Dein Pelz Dir sehr gut steht.
Und aus den feinen zarten Samen
schaut mir ein Löwe stolz entgegen,
Du trägst mit Würde seinen Namen.

Wenn Pusteschirme sich bewegen
vom Wind getragen in die Welt,
empfängt die Erde ihren Segen,
sobald der erste Same fällt.

Mit Freuden öffnet sie den Schoß
und zieht das Schirmchen aus der Bahn,
der Kreislauf schließt sich hier famos.
Willkommen, junger Löwenzahn.

2018

Pusteschirmchen

Kleine Schirmchen schweben leise
auf der Hand vom Frühlingswind,
hab' sie einfach fortgepustet,
dorthin, wo die Sorgen sind.

Heute will ich fröhlich lachen,
mich dem Frühling ganz ergeben,
aus dem Samenkorn der Blume
wird erwachsen neues Leben.

Vergissmeinnicht

Es blühte still am Straßenrand
ein blaues Blümelein,
ich herzte es mit sanfter Hand,
wünschte, es wäre mein.

Da sprach das Blümelein zu mir,
ich bitt Dich, brech' mich nicht,
lass leben mich ganz still in Dir
als Dein Vergissmeinnicht.

Sommerintermezzo

Die Distel und die Butterblume
verströmen einen zarten Duft,
Lavendel hebt die Blütenarme.
Es liegt ein Säuseln in der Luft.

Die Bienen summen auf und nieder,
der Wind schickt seine sanfte Brise,
Kornblumen wiegen sich im Reigen
am Rande einer Blumenwiese.

Libellen schwirren nah am Bach,
tanzen wie Elfen um die Biege,
und auf des Mohnes rotem Haupt
sitzt sirrend eine Schwebefliege.

Randnotiz

Kein Stern vermag den Glanz des
Mondes zu vermehren, aber
das Lächeln, das er in unserem
Gesicht zurücklässt.

Die Möwe

Sie reckt den Schnabel in den Wind,
zählt nicht die Wellen, nicht die Schäume,
sie sitzt im Sand, träumt Möwenträume
von Fischen, die ihr eigen sind.

Ach, wär ich wie die Möwe hier
nur frei von allen Alltagssorgen,
mein Flügelschlag trüg mich zu Dir,
voll Glück zu einem neuen Morgen.

Mein Geliebter ...

Ich atme Dein herbes Duftwasser,
schmecke mit brennender Zunge
Deine salzigen Küsse, während ich
mich in Deine Wellen kuschele.

Dein zärtliches Raunen lässt mich
verstummen, verführt mich zur
Hingabe, während Deine Arme mich
dem Horizont entgegen treiben.

Du, mein Geliebter, mein Meer ...

Mein Meer

entlockt mir so manche Geheimnisse,
lässt Worte auf den Wellen reiten und
dunkle Gedanken in der
Brandung zerschellen.

Treibgut

Vom Meeresschaum
so sanft umspült,
schläft Treibgut auf
dem weichen Sand,
doch pfeifend
über weites Land
der Seewind Wogen
wild aufwühlt,
die sich erheben
bis zum Strand
und greifen wie
mit einer Hand
nach ihrem Spielzeug,
das gekühlt
und wehrlos treibt
durchs Wellenband
- wohin?
Das bleibt uns unbekannt ...

2016

Der Seestern

Ein Seestern ist gestrandet
und salzig leckt der Wellenschaum
dort, wo das Ufer sandet,
an ihm, doch er bemerkt es kaum.

Er träumt vom kühlen Meeresgrund,
als er die Seesterndame küsste,
mit der er schloss den Ehebund.
Wenn sie nur um sein Schicksal wüsste!

Die Sonne brennt ihm auf die Kruste
und trocknet die Gedanken ein,
er haucht sein Leben dem Verluste
der Liebsten aus – und stirbt allein.

Leichtfüßig hüpft ein Kind heran,
verharrt, beäugt den toten Stern,
stupst ihn mit seinem Finger an ...
dem Leben nah – und doch so fern.

Das Meer und die Liebe

Dein Flüstern und Dein Tosen
durchfluten meine Sinne,
dringen in Geheimnisse
meines Herzens,
lassen mich Schönheit
atmen.

Ich harre muschelgleich,
geformt durch Umarmungen
sanfter Wellen, bewahrt
durch die Tiefe
unendlicher Liebe,
die uferlos bleibt.

Besiegt mich einst der Tod,
trage mich
auf Kronen Deiner Wogen,
spüle mich zurück
im Schaum Deiner Brandung –
Schließe den Kreis.

2017

Zeitenlauf

Im Schweigen ungesagter Worte
verblasst mancher Traum, doch
solange Nachtigallen für Rosen
singen, beseelt Hoffnung mein Herz.

Das Nachtflüstern verstummt,
Fledermäuse der Angst erbleichen.
Blutrot lächelt der Sonnenaufgang,
verscheucht allerletzte Schatten.

Auf einen Gänseblümchenteppich,
umschwirrt von bunten Faltern,
atme ich Sommerduft und werfe
meine Sehnsucht in die Wolken.

Bis zum letzten Atemzug verschenke
ich meine Gedanken. Ich lebe, liebe!
Bald wächst mein Himmel unter Gras,
umwölkt von zärtlichen Erinnerungen.

2020

Innehalten

Tau
auf welken Halmen,
Diamanten
des Himmels
schimmern
im Morgenlicht
eines müden
Spätsommertages.

Sanft
liebkost eine Brise
letztes Grün
sterbender Blätter,
bevor der Herbst
die warmen
Farben des Abschieds
darüber pinselt.

Nixe und Moormaid

Die Meermaid tauchte auf den Grund
und spielte mit dem Seegetier,
sie küsst den Kraken auf den Mund
und flocht sich in der Haare Zier
den Kranz aus Seestern und Korallen.

Das hat der Moormaid wohl gefallen.
Sie taucht empor aus tiefem Sumpf,
pflückt einen Strauß von Dotterblumen,
küsst einen Moorfrosch auf den Mund,
schwebt über Torfmoos' Erdenkrumen
und reicht der Meermaid ihren Strauß,
das Meer tost wild dazu Applaus ...

Von Flamingos und Ringen

Es wandert der Flamingo Pink
am See entlang auf hohen Stelzen,
am rechten Bein schmückt ihn ein Ring,
den würd' er gerne von sich wälzen.

Der Reif ist fest um ihn gewunden,
Pink späht hinab und spürt Verdruss,
er hat sich niemals abgefunden,
dass er den Kringel tragen muss.

Er klebt ihm wie ein Los am Bein
in frühster Jugend aufgezwungen
von einem Menschen – wie gemein,
der war vom Staat dafür gedungen.

Ach, könnte Pink im Leben wählen,
entschied er sich für Freiheit nur,
doch Menschen müssen alles zählen
in dieser Welt, auch die Natur.

Auf seinem Ring die schwarze Nummer
ist am Verblassen mit der Zeit,
darauf hockt nun ein dicker Brummer,
und summt ihm zu: »Ich weiß Bescheid!

Der Mensch«, spricht er, »damit Du's weißt,
wird stets als Bürokrat geboren,
in seinen Taten ziemlich dreist,
hat er die Übersicht verloren.

Nach Vorschrift will er alle plagen,
selbst seine Spezies, jedes Ding,
Doch tröste Dich, selbst Menschen tragen
an ihren Fingern einen Ring!«

2018

Kuh und Tod

Die Kuh, einst füllig an Gestalt,
starb dieser Tage an Gewalt.
Ein kurzer Hieb durchs Henkerbeil
zerschlug das Kuhtier Teil für Teil.

Die Kuh, man nannte sie Mathilde,
war sanft und lieb und nicht im Bilde,
dass dieser Mensch, der sie so nannte,
sie einfach aus dem Leben bannte.

Er melkte sie mit weichen Händen
sie glaubte nie, es würde enden,
vertraute ihm bei jedem Streicheln
und hörte seine Stimme schmeicheln.

Dann kam in dunklen Regentagen
ein großer Laster vorgefahren,
dort wurde sie hineingetrieben
mit bösen Worten unter Hieben.

Die Fahrt in Angst, sie hat gezittert
und schließlich die Gefahr gewittert,
sie hat geschrien: Lasst mich am Leben!
Die Chance wurd' ihr nicht gegeben.

Das Beil fiel hart, trennt voller Tücke
das Leben und die Kuh in Stücke.
Mathildes Fleisch füllt immer schneller
bei vielen Menschen ihre Teller.

Mathilde starb. Nach ein paar Wochen
blieb von ihr nicht mal mehr ein Knochen,
vergessen von den Nimmersatten ...
ganz weg? Oh, nein, da schwebt ein Schatten.

Hinauf geht es ins Wolkenland
zu Horizonten unbekannt.
So fliegt die Kuh mit weiten Schwingen
und hört dabei ein Englein singen:

»Sei uns willkommen, Kuh Mathilde!
Hörst Du den Kuhchor im Gefilde?
Zieh dort ganz rechts an goldener Bimmel,
dann öffnet sich der Rinderhimmel!«

2016, gewidmet allen Tieren, die der Fresslust der Menschen zum Opfer fallen, geschrieben von einer Pharisäerin, die zwar ihren Fleischkonsum ziemlich einschränkt, aber leider immer noch gern daran knabbert.

Hörst Du ... ?

Hörst Du die Katze in Vollmondnächten weinen?
Geschmeidigen Leibes an Fassaden entlang
gleiten die Tatzen samtweich auf den Steinen,
als schmiege der Weg sich um ihren Gang.

Vom Sehnen erfüllt, sucht sie den Gefährten,
erhebt ihre Stimme voll Klage und Macht,
im Seidenfell, wo sich die Sterne verirrten,
ist sie – und bleibt Königin der Nacht.

Die Katze

Die schönste Tugend ist Geduld,
die eine Katze stets umgibt.
Sie schenkt nicht allen ihre Huld,
nur denen, die sie zärtlich liebt.

Sie hat Charakter, zeigt die Kralle,
kennt keine Furcht vor den Verboten,
geht selten Falschheit in die Falle
und landet immer auf den Pfoten.

Dem Blick kann nichts so leicht entgehen
– das Auge schön mit scharfer Kraft –
des Nachts kann sie am besten sehen;
sie hat den Geist, der nie erschlafft.

Ihr Freiheitsdrang ist unbeschränkt,
sie wählt den Weg für sich allein,
ganz selbstbewusst und ungelenkt
wird sie niemals ein Sklave sein.

Die Katze schlich sich in mein Leben
und in mein Herz ganz leis' hinein.
Ich würde alles dafür geben –
um einen Tag wie sie zu sein!

Im Gespräch mit Balu

»Du denkst, dass ich so einfach kratze«,
spricht zu mir meine schwarze Katze.
»Dem ist nicht so, Du musst verstehn,
ich will nur meiner Wege gehn.

Auch Zärtlichkeit ist mal genug.
Mir liegt er ferne, der Betrug,
die Hand zu kratzen, die mich pflegt,
mir Fressen gibt und mich umhegt.

Doch eines stell ich hier mal richtig:
Schau, meine Freiheit ist mir wichtig.
Ein Untertan kann ich nie sein,
auch nicht aus Liebe, nicht zum Schein.

Du bist mein Mensch, ich mag Dich sehr,
ich bin nicht Sklave, Du nicht Herr.
Hab ich als Katze sieben Leben,
will ich Dir gerne eines geben.

für Serge, 1992

Mein Freund, der Baum

In Ehrfurcht neige ich mein Haupt
vor Dir, Du wunderschöner Baum,
berühre zärtlich Deine Rinde.
Das Dach von Deinem dichten Laub
schützte gewiss so manchen Traum
von einem Menschenkinde.

Du hast uns Wesen überlebt
in Hunderten von Jahren,
den Stürmen abgerungen.
Ein jeder Ast zum Lichte strebt,
um Leben zu erfahren,
aus Deinem Stamm entsprungen.

Als Kind erklomm ich Deine Zweige,
Du knorrig liebes Baumgesicht.
Wo ist die Jugendzeit geblieben?
Für mich ging sie im Flug zur Neige.
Auf Erden bleibst Du mein Gedicht
bis an das Himmelstor geschrieben.

Von fern hör ich Maschinen dröhnen,
der Wald stöhnt unter seinen Wunden.
Die Todgeweihten klagen still.
Wen will die Menschheit hier verhöhnen?
Sich selbst? Den Wald? Er ist verschwunden,
weil es die Geldgier einfach will.

Vergänglichkeit

Der Frühling träumt von grüner Seide,
jetzt ruht er still im Wiesengrunde,
sein blühend Laubwerk, einst Geschmeide,
welkt nach dem Sommer Stund' um Stunde
das bunt auf alten Bäumen thront,
in denen jetzt der Herbstwind wohnt.

Es liegt der erste Morgennebel
auf Wald und Flur wie kühler Hauch,
die lichte Macht lenkt sanft den Hebel,
streicht zärtlich reifen Haselstrauch,
durch dichten Tann fällt kaum ein Licht
und milchig scheint das Mondgesicht.

Tautropfen auf den Spinngeweben,
es riecht nach Pilzen und nach Fäule
und hier und dort erstirbt das Leben,
manch nackter Baum gleicht einer Säule ...
und Tränengleich ein Tropfen fällt,
kopfüber spiegelt sich die Welt.

Tränen des Regens

Grau zieht ein Band am Himmelszelt,
der Wind treibt dunkle Wolkenschafe,
die eben noch so lichte Welt
versinkt, als dichter Regen fällt.

Er klatscht schwer auf die Pflastersteine,
Melancholie bedrückt mein Herz,
der Regen draußen öffnet meine
versteckte Trauer und ich weine.

Zwei Tropfen haben sich verirrt,
sie hängen prall am Fensterrahmen,
und zeigen mir die Welt verkehrt
und bunt – ich staune, bin verwirrt.

Das Wolkenmeer ist fortgezogen
und mit ihm die geheime Qual,
der Sonne Schein hat aufgesogen
das letzte Nass, es ist verflogen.

Regentanz

Die Regenhexe tanzt vorbei,
ich schau ihr lächelnd hinterher
und fühle mich im Herzen frei.
Die trockene Erde freut sich sehr.

Durch ihre dürre Kruste dringt
die ungezähmte Tropfenschar
und jede durst'ge Wurzel trinkt
vom Labsal, das so wunderbar.

Erfrischend durchdringt Lebenssaft
die Stängel aufwärts bis zur Blüte,
Blattadern spüren neue Kraft
und danken leis der Schöpfung Güte.

Von einem großen Blatt bedeckt
hockt im Geäst ein kleiner Spatz,
hat vor dem Regen sich versteckt
und tschilpt mir zu: Hier ist noch Platz!

September

Noch schweben Schmetterlinge durch die Sphären
und gaukeln ohne Arg im Sonnenschein,
der Feuerdorn schmückt sich mit prallen Beeren,
lädt flinke Vogelschar zum Gastmahl ein.

Die Schwalbe schwingt sich jauchzend in die Lüfte,
ihr Abschied naht, sie spürt den Ruf von fern,
noch hauchen Rosen ihre allerschönsten Düfte
und spenden Bienen ihren letzten Nektar gern.

In Bauerngärten blühen Dahlien in Fülle,
ihr Blütenantlitz sternenfroh und rund,
schon reifen neue Samen in der Hülle
zu hüten, was bald wieder lebensbunt.

Septemberkind, zu Dir spür ich Vertrauen,
Dein Mond ist Schutz, gibt meinem Leben Sinn,
beschenkst mich reich, auf Dich kann ich gut bauen,
Du bist in mir, weil ich in Dir geboren bin

Das Blatt

Vorüber ist der Sommertraum,
das letzte Blatt löst sich vom Baum.
Der Regenwind zog es herab
zum Boden in sein feuchtes Grab.

»Ach«, seufzt das Blatt in seiner Not,
»so schnell ereilte mich der Tod.
Wo ist der Frühling, sanft und klar,
als ich noch eine Knospe war?

Ich spürte Hoffnung in mir regen
und strebte froh dem Licht entgegen.
Wie unbeschreiblich war die Wonne,
als du mich wärmtest, Mutter Sonne.

Wo eilte nur der Sommer hin,
als ich noch grün gewesen bin?
Da streichelte mich manches Mal
durch das Geäst ein Sonnenstrahl.

Die Vögel sangen in den Zweigen,
es tanzten Mücken um mich Reigen,
ein Schmetterling war oft mein Gast
und hielt auf meinem Rücken Rast.

Ach, ich vermiss die kleine Made,
die an mir knabberte – wie schade,
ein Sperling hat sie sich gegriffen
und fröhlich dann ein Lied gepfiffen.

Bald endete die Blätterpracht,
ich wurde alt und fror bei Nacht
und trocknete. Trotz allem Leid
schenkt mir der Herbst ein gelbes Kleid.

Die Farbe ist hernach verblasst,
ich sink hinab von meinem Ast,
lieg in der Pfütze braun und taub,
vertrocknet, bin nur welkes Laub.

Du wunderschöner alter Baum,
nun bist du kahl, träumst deinen Traum,
bis dich der nächste Frühling küsst.
… Ob du im Winter mich vermisst?«

Grau

Es heult der Sturmwind in den Bäumen,
treibt wild das Laub fort, Blatt für Blatt.
Ich bin allein mit meinen Träumen,
das Tageslicht wirkt trüb und matt.

In graue Pfützen tropft der Regen –
was jetzt verstummt, war früher laut.
Ich wandre einsam auf den Wegen,
die mir vom Sommer her vertraut.

Es raschelt unter meinen Füßen
bei jedem Schritt verwelktes Laub,
als wollte es zum Abschied grüßen –
was gestern lebte, ist heut taub.

Der schwarze Rabe auf dem Feld
krächzt laut – fast klingt's wie Todesschrei
und Nebel senkt sich auf die Welt,
die Leichtigkeit – sie ist vorbei.

Der letzte Schmetterling

Es regnet, der Novembersturm
zerrt von dem Zweig das letzte Blatt
und alles, was einmal geblüht,
ist welk, vergangen, erdenmatt.

Einsam trotzt eine letzte Rose
in ihrem Blütenkleid dem Wind,
hält schützend ihre Rosenarme
über ein müdes Sommerkind.

Mich lockt die Schönheit dieser Blume,
die ihre Farbe nicht verlor
und breche sie. Mit stummem Wehschrei
lugt da ein Schmetterling hervor.

Er liegt erschöpft auf feuchtem Grunde,
kann seine Flügel kaum erheben.
Ach, wehe mir, wie ich bekunde,
würd ich ihm gern sein Leben geben.

Die Kälte saugt an seinen Kräften,
ich berge sanft ihn in den Händen,
der Rest von seinen Lebenssäften
kehrt kurz zurück, um bald zu enden.

Er breitet seine Flügel weiter
ein letztes Mal in voller Pracht,
dann hebt er ab und fliegt ganz heiter
den letzten Flug in ew'ge Nacht.

Herbsttage

Die Leichtigkeit des
Sommers schwindet,
die alte Kastanie weint
den Zugvögeln gelbe
Blätter hinterher.

Wolkenbänder hängen
schwanger über
kahlrasierten Feldern,
auf denen sich Nebelkrähen
um eine Maus streiten.

Die Luft riecht nach
Vergänglichkeit,
einen Flammenwurf
entfernt knistert Holz
im Kamin.

Neben mir summt der
Samowar verträumte
Melodien, während ich
im Säurebad des
Alters bade.

Kätzchen im Schnee

Ein Kätzchen stapfte durch den Schnee,
im tief verträumten Winterwald,
bald taten ihm die Pfötchen weh,
der Wind, er wehte bitterkalt.

Das Tierchen fror in weißer Pracht.
»Ach, fänd' ich nur ein Fleckchen warm!«
Schon wich der Tag der Winternacht,
und damit wuchs des Kätzchens Harm.

Als schon die Hoffnung aufgegeben,
hört es die Worte laut und klar:
»Du kleines Ding, Du hängst am Leben
und ich bin gerne für Dich da!«

Und als das Kätzchen um sich schaut,
entdeckt es, rechts am Wegesrand
hat sich ein Schneemann aufgebaut
mit Hut, Knopfaugen, festem Stand.

»Mein Leben«, spricht er, »dauert nur
solang es schneit den Winter lang,
das ist die Regel der Natur.
Sei Du nicht um das Deine bang.«

Spring hoch, um Dich an mir zu wärmen,
denn nur die Liebe hat die Macht.
Und dann lass uns ein bisschen schwärmen
und träumen, was uns glücklich macht.«

Und als der neue Tag begann,
erwacht das Kätzchen frisch und munter,
der Schneemann aber bald zerrann
im Tau und ging im Regen unter.

Winterland

Ein weißer Teppich deckt das Land,
ruht sanft auf Mutter Erde.
Sie hüllt sich still in ihr Gewand,
hofft, dass es Frühling werde.

Darüber schweben aus Kristall
die feuchten Winterschleier,
als krönten sie den Erdenball,
zu einer stillen Feier.

Der fliegende Schneemann

Ich baute einen Schneemann,
formte sein weißes Kleid,
gab ihm die Wurzelnase
und Hut, dann war's soweit:

Als nachts die Eltern schliefen –
die Uhr schlug Mitternacht –
da hat mein lieber Schneemann
sich zu mir aufgemacht.

Er nahm mich an den Händen
und flüsterte: Folg' mir!
Wir fliegen um die Erde,
ich träum so gern mit Dir.

Wir schwimmen mit dem Mondlicht,
ich halt' Dich eng im Arm
und all die Silbersterne,
grüßen Dich lieb und warm.

Im Nachtblau strahlt der Himmel
und lächelt auf die Welt,
die schlafend und vom Mond
beschützt ein wenig innehält.

Wie Spielzeug liegen Orte
von Glitzerschnee bedeckt.
Dort unten hat ein Häslein
sich schnell im Busch versteckt.

Ehrwürdig ruht ein hoher Berg
mit Zucker überzogen,
schon haben wir im tiefen Tal
den Traumwald überflogen.

Der Eisbär winkt uns am Polar,
dort spielt die Farbe mit dem Licht,
und auf dem festgefrorenen Eis
spiegelt der Mond sein Angesicht.

Wir fliegen heim, der Morgen graut,
Schneezauber wirbelt auf uns zu.
Nun setzen wir zur Landung an,
ich schlüpf ins Bett, leg mich zur Ruh.

Die Wintersonne lächelt milde,
ich schau hinaus, was er so macht.
Mein Schneemann steht, die Arme
ausbreitend da – und lacht.

für Louan, Dezember 2013

Friedensbotschaft

Ihr Kinderlein, es ist so weit!
Die dunklen Tage werden länger,
schon nahet unsere Lichterzeit.
Hört ihr die Stimmen froher Sänger?

Sie singen von der Weihnachtsnacht,
vom Tannenbaum im Glitzerkleid,
von einem Stern, der ihn bewacht,
und von der Freude weit und breit.

Hoch hinter weiten Himmelspforten,
wo Engel Wünsche niederschreiben
vom Erdenkind mit goldenen Worten,
wird stets die Liebe Sieger bleiben.

Schaut, in der Weihnachtsbäckerei,
da werkeln Zwerge Tag und Nacht
an mancher feinen Leckerei,
die allen Kindern Freude macht.

Den Zwergen wird es nie zu viel,
in ihrer Werkstatt wird hantiert,
ob Bauklotz, ob Computerspiel,
ein jeder Wunsch wird modelliert.

Und über all dem wacht ein Greis
mit Rauschebart, er bringt die Gaben
am Weihnachtsabend still und leis,
damit die Menschen Frohsinn haben.

In manchen seltenen Augenblicken
auf seiner Reise durch die Nacht,
lässt er sich vor dem Kindlein blicken,
das heimlich hinterm Fenster wacht.

Am Himmelszelt erstrahlen Sterne,
funkeln mit Kerzen um die Wette,
ihr Leuchten reicht in weite Ferne,
gleicht einer großen Lichterkette.

Selbst wenn wir alt und grau geworden
als Omi oder Opapa,
zieht er mit Schlitten aus dem Norden,
der Weihnachtsmann bleibt immer da.

Er lebt durch Deinen Wunsch allein,
ein alter liebenswerter Mann.
Vergesse nie, ein Kind zu sein,
damit er weiter leben kann.

1985

Weihnachten bleibt uns

Stille herrscht in dem Gemäuer,
knisternd brennt ein wärmend Feuer
im Kamin und spendet Licht.
Leise schleicht ein kleiner Wicht
auf den Zehen in den Raum.
Oh, dort steht der Weihnachtsbaum!
Kerzen werfen sanften Schein,
Goldlametta leuchtet fein.
Unterm Baum – der Weihnachtsteller!
Unser Frechdachs wird nun schneller,
nascht vom leckerem Marzipan,
stößt beladene Zweige an.

Kugeln drehen sich im Kreise
und im Bäumchen erklingt leise,
eine zarte Melodie,
ach, wie wundervoll klingt sie!
Aus der Ferne jubeln heiter
Englein auf der Himmelsleiter.
Weihnachtsmann mit weißem Bart
kommt herein nach langer Fahrt,
streift den Schnee ab und ruft froh:
Es ist Weihnacht! Ho! Ho! Ho! –
und ein Igelchen erschreckt,
hat sich rasch im Heu versteckt.

Klick! Der Fernseher geht aus.
Stille herrscht im ganzen Haus
und im Sessel sitzt ein Mann,
starrt die Fernbedienung an.
Er steht auf, es fällt ihm schwer,
alte Knochen schmerzen sehr.
Müde streicht er seinen Bart,
während er im Dunkeln harrt.

Schwerfällig in seiner Hand
ruht der Weinkelch wie ein Pfand.
Wehmütig trinkt er ihn leer.
Weihnacht rührt sein Herz stets sehr.
Fest der Liebe, diese Zeit,
Hoffnung auf Besinnlichkeit,
Christuskind, im Stall geboren,
sucht nun Herzen, die verloren.

Seufzend reibt er seine Hände,
starrt versonnen auf die Wände:
»Menschen plagen sich so sehr,
auch ihr Lächeln ist nicht mehr.
Haben sie in ihrem Leben
gar die Weihnacht aufgegeben?
Kann denn heut ein Kinderlachen
noch die Herzen glücklich machen?«

Da öffnet sich das Himmelszelt
und Licht bestrahlt die dunkle Welt,
ein Englein naht und flüstert sacht:
»Steh auf, es ist doch Heilignacht!
Und auch das Ende ist noch offen,
die Menschheit hört nicht auf zu hoffen.
Nun komm schon, zieh den Mantel an,
du lieber guter Weihnachtsmann!«

2011

Politik ...

Das Goldene Kalb, um das alle tanzten,
gab es schon zu biblischen Zeiten.
Inzwischen ist es ein ausgewachsener
Ochse und steht vor der Börse.

Speichelleckerlied

Ich will euch stets anders scheinen,
anders reden, anders meinen,
bin ganz anders, als ihr denkt,
wenn ihr mir Vertrauen schenkt.

Will euch nach dem Munde reden,
beuge meine Knie für jeden,
werd', wo applaudiert, verweilen,
mein Erfolg lässt sich schwer teilen.

Heuchle gern und mit Behagen,
werd' euch loben, doch nicht tragen,
Segel geben allen Winden
und als Führer aller Blinden
mich dem Eigennutz verpflichten –
wenig tun und wenig richten,
was ihr wollt, werd' ich versprechen,
dafür keine Lanze brechen.

Frisch gewählt, stell ich mich dar:
Amtseid, der ist wunderbar!
Doch ich werd' ihn nach Ermessen
im Galopp sehr schnell vergessen.

DAS hat einen festen Grund:
Ich leide an Gedächtnisschwund.
So tanz ich brav nach der Musik ...
Ein Hoch auf unsere Politik!

2017

Massenverblödung

Es waren einmal drei Affen,
sie gaben sich blind, taub und stumm,
mit ihren heimlichen Waffen
hielten sie sich die Wähler dumm.

Sie schrieben mit spitzer Feder
ihren Eid auf Doppelböden,
gebunden in feines Leder,
um Massen extrem zu verblöden.

Die Masse, das waren Giraffen,
die sprachen gern, ohne zu denken,
sie hörten nur auf die Affen
und ließen sich blindlings lenken.

So frönten sie Brot und Spiele,
schauten weg und blieben gern blind,
diese Absicht führte zum Ziele,
dass der Strippenzieher gewinnt.

Bald hoben sich turmhohe Mauern,
zu verankern missbrauchte Macht,
doch niemand zeigte Bedauern
und kaum einer schöpfte Verdacht.

Schon jubelten Lobbyisten,
man sah sie die Sektkelche heben,
dazu der Gesang der Faschisten,
sie bestimmten jetzt unwertes Leben.

Es kriechen die Panzer gen Osten,
wo manche Ressource versteckt.
Der Krieg wird für Wirtschaftskosten
mit Opfern der Toten gedeckt.

Gelangweilt trottet die Herde
dem Leittier nach, die Zunge stumm,
im Gleichschritt über sieche Erde
und keiner da, der fragt: Warum?

2015

Leitkultur

Gar manchem ist sie eine Bürde,
die Leitkultur – man spricht von Würde,
wenn so ein Zwerg im Parlament,
sie wieder mal beim Namen nennt
und von der Menschheit Gütern spricht,
sei achtsam, glaub ihm einfach nicht.

Die Leit-Kultur wird schnell zum Leid,
entblätterst Du ihr tristes Kleid,
darunter fehlen ihr die Farben,
denn andere dürfen sie nicht haben.
Sie schaut Dich aufgeblasen an,
erinnert dünkelhaft daran,
dass Joghurt nur Kulturen hat,
im Gegensatz zu diesem Staat

Drum iss den Joghurt und schweig still,
das ist es, was der Staat doch will.
Es lebe hoch die Esskultur!
Ach, einen Makel hat sie nur:
Die Sonne der Kultur steht tief,
und während unsere Mehrheit schlief
und wenige nur Zweifel hatten,
werfen selbst Zwerge lange Schatten.

Die Jahre sind dahin geflogen
und eifrig suchten Archäologen
nach der verlorenen Kultur.
Tatsächlich fand sich eine Spur,
und das erstaunt nicht minder:
»Ein Herz für inder!«
Das fehlende »K« kratzte man später
Von einem Autowrack unserer Väter.

2009

1000 Kerzen

Es ist die Nacht der 1000 Kerzen,
in der die Blume Hoffnung blüht,
verbindend alle Menschenherzen
in Liebe, die niemals verglüht.

Wir werden zueinander stehen,
bringt uns das Leben auch manch Leid,
wenn wir den Weg gemeinsam gehen,
sind wir gestärkt für alle Zeit.

1992

Nachtgedanken zu Günter Grass

Er hat geschrieben, was er dachte,
und schon begann der Hexentanz,
indem man ihn zum Ungeist machte,
doch eines, das vergaß man ganz:

Wenn hier in diesem deutschen Lande
sich niemand mehr frei äußern darf,
wenn gar Kritik gilt schon als Schande,
geahndet wird mit Worten scharf,
dann liegt die Freiheit längst in Ketten,
die Waffen lieferten wir schon,
vor Kriegen kann uns nichts mehr retten,
des Lobbyisten schönster Lohn.

Lieb Mutterland, wo ist die Gleichheit?
ich hab sie schon so lang vermisst,
die Menschlichkeit in ihrer Weichheit,
die nur noch ein Gerippe ist.

Es wird verleumdet und gelogen,
wer gestern Freund war, ist heut Feind,
es wird gehasst, bekämpft, verbogen,
nichts gibt es mehr, das uns noch eint.

2015 in memorian

Das Wort

Geschwärzte Tafel auf hölzernem Grunde,
der Uhrzeiger dreht sich Stunde um Stunde.
Im Schweigen verhalten auf hoher Tribüne
die Menschen und warten vor einsamer Bühne.

Es fehlen die Worte, die lange vergessen,
wie Freiheit und Gleichheit, vom Unheil zerfressen.
Als Dämmerung einsetzt, erhebt sich ein Mann
und preist den Wartenden Kaugummis an.

Die Menschen, sie kauen die bunte Masse,
sie lächeln und mancher zeigt eine Grimasse.
Der Mann bittet alle, sich zu erheben,
das Gekaute an die Tafel zu kleben.

Bewegung kommt in die Menschenmenge,
sie wogt und teilt sich in frohem Gedränge.
Ein jeder klebt eifrig und formt ohne Schranken
das eben Gekaute zu einem Gedanken..

Gemeinsam bildet sich aus Fantasie
ein einziges Wort nur: D-e-m-o-k-r-a-t-i-e
Ich war auch dabei – und das ist kein Scherz –
ich klebte ans Ende des Wortes mein Herz.

2017, in Erinnerung an ein Event für Meinungsfreiheit
im Hamburger Schanzenviertel

Verlustmeldung

Göttin der Freiheit – Libertas,
so oft entweiht und stets missbraucht,
dein Bund von einst mit Caritas
ist längst entehrt und still verraucht.

Justitia – Gerechtigkeit,
im Herzen scheinst Du auch erblindet,
hast mit dem Recht Dich jäh entzweit,
weil sich die Wahrheit nicht mehr findet.

Im Schatten darbt Humanität,
von unserer Menschheit längst vergessen,
was einst vom Erdenkind erfleht,
muss sich nun mit dem Teufel messen.

Was bleibt in diesen düst'ren Tagen,
wo Kriege unser Los bestimmen,
wo Mächtige der Welt nicht fragen,
wenn Menschenleben still verglimmen.

Wenn keiner mehr dem anderen traut,
wenn jeder nur für sich entscheidet,
und rücksichtslos bloß Mauern baut,
auch wenn ein anderer drunter leidet.

An welche Hoffnung willst Du klammern,
wenn nicht ein Wert mehr sichtbar ist?
Allein, was nützt Dir noch Dein Jammern,
wenn nichts mehr bleibt – und nichts mehr ist?

9. Mai 2018

Unser Erbe

Die Welt war einst ein schöner Traum
und wir aus ihrem Stoff gemacht.
Wir änderten den Lebensraum –
doch statt des Lichtes kam die Nacht.

Nebelschwaden aus Chemie
nehmen uns die Atemluft;
die Natur erholt sich nie,
Sprays verbreiten Blütenduft.
Ultraviolette Strahlen
brennen sich in unsere Haut,
damit wir mit Bräune prahlen –
und der Nordpol taut und taut.

Wälder hat man abgeschlagen,
stampft Fabriken aus dem Feld.
Konsequenz aus jenen Tagen:
Hunger in der »Dritten« Welt.

Gauner, Diebe in Krawatten,
leiten heute unsere Banken
die Ressourcen, die wir hatten,
plündern sie ganz ohne Schranken.
Unsere Waffenindustrie
produziert am Fließband Tod,
fördert Umsatz wie noch nie,
macht Geschäfte mit der Not.

Kriegsgeschäfte sind vonnöten;
was noch atmet und sich regt,
lässt man durch die Waffe töten,
damit nichts im Wege steht.
Menschen in der Politik
sind korrupt und machtbesessen
und es lügen mit Geschick
selbst die Priester in den Messen.

Ufer werden überflutet,
Stürme fegen Häuser fort,
schneller als man es vermutet,
ist die Welt ein stiller Ort.
Unsere kranke Erde bebt,
Risse öffnen sich wie Wunden –
schüttelt alles, was drauf lebt.
Menschen sind spurlos verschwunden.

Mensch, du liebtest deine Macht,
hast die Erde ausgebeutet,
zogst dabei nicht in Betracht,
was ein Untergang bedeutet.
Jetzt ertönt Dein Wehgeschrei:
»Es ist Zeit, die Welt zu schützen!«
Ist Dein Nächste/r nicht dabei,
wird dein Klagen dir nichts nützen.

1988

Versunken

Das Hohe Haus ist tief gesunken,
mein Freund, ich fürchte um uns sehr,
die Freiheit ist im Sumpf ertrunken,
der braun sich breitet ringsumher.

Und rundherum herrscht tiefes Schweigen,
die Stimmen sind schon längst verstummt,
die sich dem freien Sinne zeigen.
Ach, alles hin, die Welt verdummt.

2014

Unverwüstlich

In diesem Lande gärt es wieder,
man singt die alten Nazilieder,
sieht Springerstiefel, kahle Schädel,
hört Hitlergruß und »deutsches Mädel«.

Parolen an den Häuserwänden
schrieb man bei Nacht mit flinken Händen.
»Hier wird jetzt endlich aufgeräumt,
was man die ganze Zeit versäumt!«

»Haut endlich ab, geht doch nach Haus!«
»Ausländer raus! Ausländer raus!«
Ist diese Hürde erst genommen,
dann ist Gewalt gewiss im Kommen.

Schon fliegt der erste Pflasterstein,
schon brennt das erste Flüchtlingsheim,
schon stirbt der erste schwarze Mann.
»Kanake lauf, jetzt bist Du dran!«

»Was nicht Deutsch ist, das muss jetzt brennen,
und darum, Bimbo, musst Du rennen!«
Verzerrte Angst spricht aus Gesichtern.
Der Pöbel machte sich zu Richtern.

»Wir sind hier in der Überzahl,
drum hast Du keine andere Wahl.«
Am Rand der deutsche Biedermann
sieht alles aus der Ferne an
und applaudiert im Innern still,
weil er die Fremden auch nicht will.

Ich fürchte zwar den Schlägerbund,
doch mehr noch die im Hintergrund,
die leise ziehen an den Fäden
und lautstark gegen Fremde reden.

Im feinen Anzug kultiviert,
da hetzt sich's völlig ungeniert.
Faschismus, diese braune Macht,
sie kam nicht einfach über Nacht,
war immer da und stets bereit
und wartete auf ihre Zeit.

Ist diese Ära wieder da?
Deutschland – HURRA ...

Herbst 1992

Gelebter Alb

Die Zeit, Gedankenwege
führen ins Nichts,
verlieren sich im Morast
brauner Tiraden.
Hände, emporgereckt,
verhöhnen die Sonne,
malen Kreuze in die Fahnen.

Parolen dreschen
nieder auf Würde
und Menschlichkeit.
Hass fließt gleich Lava
durch unser Zeitfenster,
erstickt den Gesang
junger Nachtigallen.
Krähen drängen an die Macht.

In verkommenen Gärten,
die einst nach Freiheit
dufteten, verhallt
der Pulsschlag freien
Lebens.
Nur ein welkes Blatt
spendet Trost.

2017

Die Braune Macht

Die Meinungsfreiheit hierzulande,
versickert ohne Halt im Sande,
der schmutzig-braun zum Sumpf geworden,
aus ihm erheben sich die Horden,
die nicht mal scheuen, selbst zu morden.

Sie stammen nicht aus Unterschichten,
wie uns die Medien gern berichten.
Sie sind ans Tageslicht gekrochen,
wie Ratten, die das Aas gerochen.
Nun wird das Menschenrecht gebrochen.

Sie höhlen aus und sie beschließen,
statt Worten nur Fäkalien fließen.
Am Grundgesetz wird sich vergriffen,
Artikel werden umgeschliffen,
die Freiheit einfach ausgepfiffen.

Sie leben völkisch, wie sie sagen.
Wie kann die Heimat das ertragen?
Wo andere gleicher sind als gleich,
entsteht ein neues braunes Reich,
wischt Werte fort mit einem Streich.

Der »kleine Mann« ist arg erschreckt,
am liebsten hält er sich versteckt.
Er wählte, weil er zornig war,
ganz ungeachtet der Gefahr,
die er verblendet übersah.

Er war das Zünglein an der Waage,
nie war gefährlicher die Lage.
»Asyltourismus!« brüllen sie,
behandeln Fremde roh wie Vieh
und blanker Hass führt nun Regie.

Jetzt müssen wir die Folgen tragen.
Hast Du, mein Freund, noch was zu sagen?
Glaub mir, hier herrscht kein Einzelfall.
Schau, Gräuel – Wahnsinn überall
und unsere Rechte im Zerfall.

Du glaubst, das sei der Anfang nur,
dann achte mal auf die Zensur,
der Buch und Presse unterliegen,
um Dich in Sicherheit zu wiegen.
Wer gegenschwimmt, den wird man kriegen.

Auch dürfen wir die nicht vergessen,
die auf den Rechtsruck ganz versessen.
Ich sehe Fäuste, keine Hand.
Wohin ich schau in diesem Land,
entwickelt sich ein Flächenbrand.

Selbst die Justiz macht fleißig mit,
ist infiziert vom Parasit.
Wenn sie Gesetz und Rechte bricht,
scheinheilig von Verfehlung spricht,
dann zweifle, glaub den Lügen nicht.

Nun heißt's, sich wehren und nicht plaudern,
das Braune wächst aus unserem Zaudern
und wird uns alle überrollen.
Da hilft es nicht, en mas zu schmollen.
Kampf denen, die uns übelwollen!

2019

Wer wir sind

Wir teilen die Welt in drei Welten,
in der ersten herrscht Überfluss,
wir lassen die Faustregel gelten,
dass der Starke hier herrschen muss.

Blinde Sklaven sind wir von Banken,
von Macht und von Korruption,
unsere Gier kennt keine Schranken
und Konsum heißt unser Lohn.

Wir machen uns gerne zum Affen,
um fremde Despoten zu stützen,
wir liefern an sie Rüstungswaffen,
scheinheilig, um 'Frieden zu schützen'.

Fern leben die Menschen in Zelten,
verfolgt von den Aggressoren,
hier hört man davon nur sehr selten,
wie viele ihr Leben verloren.

In den Lagern herrscht grausame Not,
ein Schrei dringt aus tausenden Kehlen,
An den Schwellen wartet der Tod,
um sich seine Opfer zu wählen

Dreist machen die Schuldigen Pläne,
die Schwachen noch schwächer zu machen.
'Wird gehobelt, dann fallen halt Späne!'
So hört man sie wiehernd lachen.

Hast Du jemals Erde gegessen,
weil Hunger am Magen Dir nagt?
Wer bist Du? Was macht Dich vermessen?
Warum hast Du nie gefragt?

2017

Randnotiz

Wenn wir zwischen Krieg und Ausländerhass
entscheiden müssen und der Verlust der
Würde mit einem Achselzucken hingenommen wird,
ist der Tod Dein bester Freund.

Die Festung

Uneinnehmbar und ineinander verkrallt,
umgeben von hohen Mauern,
steht die Festung Europa – sie ist uralt –
im Glanze und doch zu bedauern.

Sie igelt sich ein, kennt kein Willkommen
für Menschen in Zeiten des Sturms,
die Reichen sind davon ausgenommen,
für sie weht die Fahne des Turms.

Zwölf Sterne auf blauem Untergrund,
platziert wie die Ziffern der Uhr,
verwoben zum Zwölf-Götter-Bund
im Olymp ihrer Geldkultur.

Die Zwölf ist vollkommen, hat ihren Preis,
steht symbolisch für Gier und Macht
und lückenlos schließt sich der Kreis
gegen Schiffe mit Menschenfracht.

Einst edle Gesinnung verließ das Gemäuer,
wo Banken, Konzerne sich messen,
die Geldsäcke flüchten zu Hauf vor der Steuer,
das Menschsein wird darob vergessen.

Und höre ich heute die Bänkelsänger
diese Missstände bitter beklagen –
umsonst ist ihr Ruf nach dem Rattenfänger,
denn die Ratten haben das Sagen.

Die Festung Europa, ein schlaffer Haufen,
zerstritten und kalt abgewandt,
von Elenden dieser Welt überlaufen
auf Suche nach helfender Hand.

Ihr Fußvolk erhebt sich im braunen Gesang,
heißt niemand, der fremd ist, willkommen,
hetzt Menschenkinder die Straßen entlang ...
und die Mehrheit? Die schweigt noch beklommen.

Stumm stehen Mächtige vor der Gewalt,
ringen mühsam um passende Worte,
denn sie fürchten um ihren Machterhalt
und öffnen nur zaghaft die Pforte.

Was nützt es, die Stimme zu erheben,
soll ich klagen, etwa gar loben?
In Münze definiert sich ein Menschenleben ...
Was kümmert's die Festung da droben?

2015

Unter uns

Der Kampf gegen den Rassismus gleicht dem eines Drachentöters gegen einen dreiköpfigen Drachen. Schlägt man einen Kopf ab, wachsen sogleich zwei neue nach.

Vom Mauerbau

»Wir sind das Volk!«, das Rufen wird lauter.
Die Hymne erklingt, die alle vereint,
schmilzt Lachen und Weinen, wird vertrauter,
es öffnen sich Arme für Freund und Feind.

Die Mauern bersten in dieser Nacht,
aus zahlreichen Kehlen schallt Jubelschrei:
Schaut her! Heut haben wir es vollbracht.
Was uns einst getrennt, bricht endlich entzwei.

Sie schlagen die Mauersteine zu Schutt,
ihr Werkzeug spaltet den festen Stein,
zerhackstückeln selbst die Trümmer kaputt,
im Gedenken an Unterdrückung und Pein.

»Versöhnung soll allen Frieden bringen!«
ertönt die Kunde von Mund zu Mund,
doch leider lässt er sich nicht erzwingen,
denn Zwietracht spaltet den einstigen Bund.

»Wir sind das Volk!« klingt es unverhohlen
des Nachts auf den Straßen, hasserfüllt,
den Arm erhoben zu braunen Parolen,
den Mund verzerrt, der zügellos brüllt.

Die Hände sind nun zu Fäusten geballt,
die Menschlichkeit wurde niedergedrückt,
und während noch der Stiefeltritt hallt,
wird im Dunkel ein letzter Schrei erstickt.

Die Mauer von einst ist längst gefallen,
die teilend sich durch ein ganzes Land wand,
nun schadet die neue Mauer uns allen,
die wir erbauten mit eigener Hand.

1990

Lichterketten

Solange uns Lichter in Ketten scheinen,
erhellen sich dunkle Mauern im Licht.
Jedoch von Nischen und kalten Steinen
weichen die Schatten des Bösen nicht.

Das Böse, jene braune Saat,
das weicht nicht vor dem »Kerze-Zeigen«.
Wo bleibt das Wort, wo bleibt die Tat?
Erlischt das Licht, herrscht nur noch Schweigen ...

Hamburg, Winter 1992

Nichts zu machen

Ein Staat ist mit mir nicht zu machen,
da würden ja die Frösche lachen.

Den Staat, den möcht ich nicht geschenkt,
der üble Bankgeschäfte lenkt,
der freie Meinung unterdrückt,
das Miteinander nur verrückt,
der gierig alles an sich rafft,
den Menschen forträumt, der nichts schafft,
das Volk belügt ganz ungeniert,
den Flüchtling bös klassifiziert,
dem Fremden Würde nicht gewährt,
den Andersdenkenden entehrt,
sich selbst verkauft und uns dazu,
nein, ich bleib ich und Du bleibst Du.

2015

Schwarzer Regen

Die Nacht hat ihre Sterne verloren,
kriecht wehmütig durch erschöpftes Land,
die Sonne erkaltet, die Blumen erfroren
und was einst gebaut, versinkt still im Sand.

Der Himmel zeigt mir sein Faltengesicht,
die Wangen der Wolken wirken verhangen,
es trommelt der Donner zum Strafgericht
und in den Höhlen lauern die Schlangen.

Die Berge zeigen den nackten Rücken,
über den der Sturmwind die Peitsche drischt,
der Fluss grollt unter bebenden Brücken,
aus tiefen Gewässern erhebt sich die Gischt.

Es schlagen Gewitter die ächzenden Bäume,
schwertgleich bricht der Blitz den starken Ast,
gebrochen sind auch meine einstigen Träume,
verloren, versunken, verschlammt im Morast.

Aus Wolkenschleusen erbricht sich der Teer,
frisst sich durch Häuser in Menschenseelen,
über kahle Felder zieht grölend ein Heer
vermummter Gestalten, die drohend krakeelen.

Nun perlt schwarzer Regen von meinen Wangen,
treibt unweigerlich mich dem Abgrund entgegen
über Steine, die einst von Freiheit sangen,
wird sich nun der Mantel des Schweigens legen.

2016

Im System

Bist Du ein Mensch oder aus Lehm,
etwa ein Sklave im System?

Gefangen wie ein grauer Schatten,
dem Licht entrückt, müd' von Debatten?

Im Zweifel geht der Mensch allein,
doch wird er dafür haftbar sein,
was unserer Menschheit widerfährt.

Drum bitt ich Dich, mach einfach kehrt
und überwinde Raum und Zeit,
es geht nur in Gemeinsamkeit.

Gerechtigkeit läuft nie allein,
für Frieden müssen alle sein.

Sei aufrecht, setze jetzt das Zeichen,
dem andern Deine Hand zu reichen.

2018

Dunkelland

Die letzte Rose ist verblüht,
als unsere Freiheitslieder klangen,
die Sommersonne ist verglüht,
von dunklen Wolken eingefangen.

Die weißen Tauben sterben leise,
nur die Gedanken sind noch frei
und wir bewegen uns im Kreise.
Ein jeder Schritt ist schwer wie Blei.

Die Freiheit haben wir verraten.
Die Menschlichkeit starb über Nacht,
weil wir stets schwiegen und nichts taten.
Nun lodern Flammen wild entfacht.

Sie fressen, brennen alles nieder,
was uns an Werten heilig war ...
nackt wie ein Vogel – kein Gefieder,
stehn wir im Ascheregen da.

Versäumtes wird sich schwerlich richten,
die Folgen tragen alle wir.
Warum fragt ihr, willst Du noch dichten ...
Wenn niemand spricht – ich bin noch hier.

2018

Wunschdenken

Ich wünsche mir eine Welt ohne Leid,
ohne Krieg, ohne Zorn und ohne Streit,
eine Welt, die keine Grenzen kennt
und in der sich ein jeder »Weltbürger« nennt.

Ich wünsch' mir eine Welt ohne Rassenkrawalle,
eine Welt mit viel Platz zum Leben für alle,
in der die Menschen einander vertrauen
und sich nicht auf die Hautfarbe schauen.

Ich wünsch' mir eine Welt, in der man sich achtet
und Willkür und Tyrannei entmachtet,
in der jeder frei seine Meinung kann sagen,
ohne dafür böse Folgen zu tragen.

Ich wünsch' mir eine Welt ohne Elend und Not.
Niemand soll hungern – für jeden gibt's Brot,
eine friedvolle Welt, für alle gleich,
egal, ob sie jung sind, alt, arm oder reich.

Ich wünsch' mir, dass man die Alten achtet
und sie nicht einfach in Heime verfrachtet,
dass man die Kinder zärtlich liebt
und sie nicht einfach beiseiteschiebt.

Ich wünsch' mir die Jugend stark und kühn,
sensibel – mit Zukunftsphantasien,
gerecht und menschlich im täglichen Leben,
um sich gegen Unrecht und Hass zu erheben.

Ich wünsch' mir grüne – keine sterbenden Wälder,
bunte Blumenwiesen und saftige Felder
und eine gesunde Atemluft,
die nicht in den Dünsten der Großstadt verpufft.

Ich wünsch' mir sehr, bevor ich gehe
und Dir nochmal in die Augen sehe,
dass wir uns freuen aufs Wiedersehen.
Dann weiß ich: Diese Welt ist schön!

1988

Kerzenschein-Moral

Da stehen Wohlstandsdemokraten,
sie halten fest an ihrem Geld,
die Menschlichkeit so leicht verraten,
geschachert um den Rest der Welt.
In ihren Händen brennen Kerzen,
doch Finsternis in ihren Herzen.

Die Kosten eines Menschenlebens
sind kalkuliert und wohldurchdacht,
und Kriege sind nie ganz vergebens,
die Zins und Kapital gebracht.
Und wieder brennen ein paar Kerzen,
erreicht das Licht auch eure Herzen?

Asyldebatte – Fremdenhass,
die Leiden in der »Schwellenwelt«
besprecht ihr ohne Unterlass,
bis dann das bittere Urteil fällt.
Fast abgebrannt sind eure Kerzen,
das Elend geht euch nicht zu Herzen.

So mancher Fremde stirbt im Feuer,
die feigen Mörder lässt man rennen.
Betroffenheit, die ist nicht teuer –
lasst ruhig die Kerzen weiterbrennen ...
Ach, ausgelöscht sind eure Kerzen,
ich frag nicht mehr nach euren Herzen.

Hamburg, November 1991

Furcht

Was kriecht denn dort aus finsterem Loch?
War's gestern tot? Heut lebt es noch,
zieht grölend durch die Gassen
und lässt sich nicht mehr fassen.
»Eins-zwo, eins-zwo! Marschiert! Gleichschritt!«
Es klingt der Ruf: »Kommt alle mit!«
Der Schall der Stiefel auf Asphalt
fällt schwer aufs Pflaster der Gewalt.

»Ausländer raus! Saujud! Krepier!!
Haut endlich ab, sonst kommen wir!«
Dazu klingt dumpfer Trommelklang,
im Herzen wird's mir Angst und Bang.
In den Gesichtern nackter Hass
und unterm Knüppel splittert Glas.
Manch Gaffer applaudiert
da völlig ungeniert.

Die Horde zieht an mir vorbei,
sie ruft: »Bald wird's hier judenfrei!«
Der mit der Fahne brüllt laut: »Heil!«
und bietet unsere Freiheit feil.
Ich steh, den Rücken an der Wand,
das Grauen steckt die Welt in Brand,
die Menschenwürde aberkannt,
nein, eine Faust ist keine Hand.

Die Zeit setzt ihre Zeichen,
sich nun die Hand zu reichen.
Doch Ängste werden bleiben,
kein Wort kann sie vertreiben.
Versprechen – heut' gesprochen –
sind morgen schon gebrochen.

Hamburg, 9.11.1992

Die Kinder von Armenien

Sie fielen wie Regen
über durstiges Land,
ihre Herzen getötet
von barbarischer Hand.

Niemand hörte Gebete
aus sterbendem Munde,
zu Boden getreten
wie räudige Hunde.

Die Straßen gepflastert
mit Kinderhänden
von lachenden Mördern,
ein Volk zu schänden.

Sie sanken wie Blätter,
vom Winde verweht,
verwelkten am Boden,
ohne Gnade erfleht.

Ihr Wüstenblumen,
wer spürt euer Leid,
verbleicht in der Steppe
im Sande der Zeit.

Sie fielen wie Tränen
auf Aghets Wangen,
versanken im Elend,
die Schreie verklangen.

Die Kinder von Armenien
gaben ihr Leben her
als Faustpfand ihres Glaubens,
nichts weniger – nichts mehr.

2014, dem AGHET gewidmet, der erst 2016
von Deutschland als Völkermord anerkannt wurde

antastbar

Verfolgt, geflüchtet, zuletzt noch gestrandet,
fußlos verirrte Wege gegangen,
entwurzelt an fremden Ufern gelandet,
im Netz der Gesetze hilflos gefangen.
Nicht einmal die Würde ist ihnen geblieben,
zwischen Akten und Kreuzen aufgerieben.

Wie Nummern werden Fremde gezählt,
ihre Rechte verloren und aufgehoben,
die Bittschriften nach Gutdünken gewählt
und Menschen in Massen abgeschoben,
die niemand hier kannte und kaum jemand schützt,
das Menschenrecht wird nur durch Krücken gestützt.

Asyl heißt Obdach, soll Bleiberecht bleiben,
wie hämisch klingt da: »Voll ist das Boot!«
Die Flüchtlinge scharweise zu vertreiben,
bedeutet für viele den sicheren Tod.
Sie kamen hierher, weil sie alles verloren,
und sind in der Fremde im Herzen erfroren.

Unser Grundgesetz wurde ausgehebelt,
in dem jeder Mensch Recht auf Würde hat,
das Ausländerrecht hat die Gleichheit geknebelt,
unsere Freiheit wurde zum Feigenblatt.
Bleibt die Einheit der Menschen ein ewiger Traum?
Für Elende bietet die Welt keinen Raum ...

2014

Dem syrischen Kinde

Es war so kurz, Dein kleines Leben,
ein Hauch nur wurde Dir gegeben,
hineingeboren in die Welt,
worin der Krieg sein Zepter hält.

Granaten fallen, hört man splittern,
Du lerntest früh, vor Angst zu zittern
vor denen, die den Frieden hassen,
sie hetzen Menschen durch die Gassen.

Die Bombe traf Dein Heim mit Wucht,
nichts blieb mehr als die nackte Flucht
zu Fuß durch Wüsten, Steine, Sand
und endete am Meeresstrand.

Am Ufer wartet ein rostiger Kahn,
ein Seelenverkäufer – es naht ein Orkan.
Die Eltern zaudern, dann steigen sie ein,
es kann ihre letzte Rettung sein.

In der Ferne grölen die Mörderbanden,
in deren Klauen den Tod viele fanden.
Die Mutter hält Dich an sich gepresst,
Dein Vater den Blick besorgt schweifen lässt.

Das Boot hat Tiefgang, schwankt hin und her,
der Motor erstirbt, der Tank ist leer.
Der Sturm nimmt zu, wird das Boot nicht verfehlen,
ein Schrei klingt aus zweihundert Menschenkehlen.

Dann greift sich die Woge das haltlose Schiff
und schleudert es auf ein scharfes Riff.
Die Menschen fallen wie Steine ins Meer –
auch Du, Deine Mutter springt hinterher.

Doch das Meer zieht Dich in blaue Tiefen,
dorthin, wo schon immer die Engel schliefen
und wiegt Dich zum Abschied mit seinen Wogen,
die Dich in die ewigen Träume zogen.

Mit salziger Gischt spült es Dich an Land.
Wie ein Treibholz liegst Du im nassen Sand.
Hier endet, mein Engel, Dein kleines Leben.
Kannst Du – können wir – den Mördern vergeben?

2015, gewidmet dem dreijährigen Aylan Kurdi,
seinem fünfjährigen Bruder Galip und
allen Flüchtlingskindern, die auf der Flucht im
Mittelmeer ertranken

Waise des Universums

Was Heimweh ist, das spürst Du erst,
wenn Du die Heimat ganz verloren.

Im Universum bist Du Waise
und haltlos wie ein Blatt im Wind,
der Dich zum Spielball hat erkoren.

Du wanderst rastlos durch die Sphäre
und fragst nach Deinem Lebensziel ...

Sprich,
unmündige Lippe, sprich
das bittere Wort Asyl.

1990

Kindersoldaten

Zerstörte Dörfer, verbranntes Land,
vereinzelt Schüsse in der Nacht,
die Waffe in der kleinen Hand
hat er im Graben zugebracht.

Ein dumpfer Schmerz klopft ihm im Hirn,
er friert und hält der Waffe Lauf,
und feiner Schweiß rinnt von der Stirn,
die Angst frisst seine Seele auf.

Sein kleines Herz schlägt in der Brust,
tock tock – tock tock – die Zeit verrinnt,
vor kurzem hat er nicht gewusst
dass Kriegssoldaten Kinder sind.

Noch brennt in ihm ein Hoffnungslicht,
er trägt den Schlüssel an der Kette,
der ihm das Paradies verspricht
und ihn aus seiner Not errette.

Den Schlüssel gaben ihm die Großen
und steckten ihn in diese Kluft.
Nun sitzt er ängstlich und verstoßen
im Graben, ringt nach Atemluft.

Sein Leben ist noch jung an Jahren,
er wollt mit anderen Kindern spielen,
nun muss er bitterlich erfahren –
auf Herz und Köpfe gut zu zielen.

Und auf sein Stirnband schrieben sie:
»Gott lässt den Todgeweihten grüßen!«
– Gott weint ob dieser Ironie,
mit toten Kindern zu den Füßen ...

Und drüben auf der Schattenseite,
starren Augen in die Dunkelheit
unter des Sternenhimmels Weite.
Mach Dich zum letzten Gang bereit.

Die Feuer der Gewehre brennen,
noch einmal fällt ein lauter Schuss,
und viele kleine Füße rennen,
ein Körper wankt … und dann ist Schluss.

2014, gewidmet allen Kindersoldaten der Welt

Kriegskinder

Felder, dumpf vom Krieg geschwärzt,
liegen nackt im Sturm der Zeit
und vom Hunger ausgemerzt
hallt ein Schrei, gepresst von Leid.

Blutrot steht der Sonnenball,
streift die Toten, die vermodern,
irrt durch Trümmer und Verfall
und durch Flammen, die hoch lodern.

Kleine Wesen, traumverloren,
wandern durchs Ruinenfeld,
Kinder, die mit Angst geboren
in die Trümmer dieser Welt.

Sehnsucht in den kleinen Herzen,
Augen ohne Glanz, so matt,
am Altar der blut'gen Kerzen –
Grauen's letzte Ruhestatt.

Ach, sie möchten so gern leben,
spielen wie das Weltenkind,
statt in Angst und Not erbeben.
Sand im Stundenglas verrinnt.

Wie der Staub vom Wind getrieben,
sind sie ohne Halt und Glück,
wurzellos sind sie geblieben
und der Weg führt nicht zurück.

Blutig fließen Flüsse je,
schäumen mit Gewalt dahin,
Beten dringt aus der Moschee.
Heimat, Trugwort ohne Sinn.

Politik schwört unverhohlen
abgedroschene Versprechen,
leere Worte und Parolen –
selbst wenn Kinderaugen brechen.

Blutgeld wechselt rasch die Tasche,
Flüchtlinge sind kein Gewinn.
Ein Versprechen bleibt nur Masche,
Menschen sterben ohne Sinn.

Wenn die Geister sich erheben,
schwebend im Gedankenraum,
hörst Du Stimmen: Ich will leben!
Das war nur ihr Kindheitstraum.

2015, Tagtäglich verstummt das Lachen von Kindern in unserer Welt, ob in Afghanistan, in Syrien oder im Massengrab der Meere. Das, was die EU aktuell betreibt, ist Massenmord, eine Menschenrechtsverletzung, die zum Himmel schreit. Ja, es sind nicht unsere eigenen Kinder. Aber dennoch: Es sind unsere Kinder – wenn wir uns den Menschen zugehörig fühlen! Lasst es nicht zu, macht Druck auf die Politiker, ihre Haltung zu ändern, denn sonst ist dies der Untergang der Menschlichkeit

Das fremde Kind

Ein Kindlein wurde uns geboren
im fernen Orient,
im Silberblau erscheint sein Stern
so hell am Firmament.

Das Volk strömt zu dem Menschensohn,
um Liebe zu empfangen,
in Lumpen oder Prachtgewand
sind sie zu ihm gegangen.

Von Mund zu Mund ging eine Mär,
drei Weise sind erschienen,
sie brachten Weihrauch, Myrrhe, Gold,
wollten der Liebe dienen.

Die Zeit verging, der Menschheit Traum
sucht ständig nach Erfüllung,
der Frieden fern, die Freiheit kaum,
weil alles nur Verhüllung.

Obwohl er nur ein Jude war,
malt man ihm blaue Augen
und auch sein rabenschwarzes Haar
blondiert mit gelben Laugen.

Ein fremdes Kind läuft durch die Nacht,
schaut still in helle Räume,
in denen sich im Glittertand
verbeugen Weihnachtsbäume.

Es klopft an Türen und ans Tor
und an den Fensterladen,
kein Mensch tritt aus dem Haus hervor,
das Kindlein einzuladen.

Sein dunkles Haar ist nass vom Schnee.
Es reibt die kalten Hände,
im Herzen regt sich tiefes Weh,
erstarrt durch nackte Wände.

Auf kaltem Stein hockt es sich nieder,
so müd' die Augen, Tränen fließen,
die Tropfen fallen in den Schnee,
aus dem – oh Wunder – Rosen sprießen.

Das Himmelsdunkel wird zum Licht,
sanft tönt es aus der Ewigkeit:
»Komm endlich heim, mein liebes Kind,
die Menschen sind noch nicht so weit.«

Als wir die Heimat verließen

Der Himmel grollte
und die Berge
warfen dunkle Schatten.
Tränen tropften
aus den Wolken, netzten
verbrannte Erde.

Heulend schwang der
Sturmwind seine
Peitsche, zwang
das Kornfeld zu Boden
und legte die
Garben in Ketten.

Nun suchen verlorene
Kinder ihre Stimme,
Wüstenstaub begräbt
vergessene Gebete,
weiße Tauben schauen
durch Gitterstäbe.

Mütter hüten die Asche
ihrer Kinder und
auf der Spitze des
Minaretts frohlockt
der Hass und schwärzt
grüne Bänder.

Ein letztes Wort
ertrinkt im Brennsalz der
Wogen, vergessene Boote
treiben ins Nirgendwo,
bedeckt vom Grabtuch
der Gedanken –
ausgeträumte Freiheit.

2014

Stolperzeiten

Manchmal fühle ich mich
fremd im eigenen Land.
Über den Stolpersteinen der
Erinnerung erheben sich die
Untoten, um der Vergangenheit
erneut Leben einzuhauchen.

Passive Münder tragen Schlösser.
Unter ignorantem Schweigen
stirbt leise unsere Freiheit,
bejubelt von den Tätern,
niedergeknüppelt vom Hass.
Mitten im Herzen Europas schneiden
sie uns die Hoffnung aus der Seele.

Auf meiner Zunge brennt ein Wort,
das sich unter dem Gleichmut der
Steinwelt hervorquält,
ausgespien in
bohrender Frage:
WARUM?

Hamburg, 8.11.2019

Heimaterde

Ich trage meine Wurzeln
in der Hosentasche.
Selbst auf verkarstetem
Boden am Zagros
atmet die Steinblume
Hoffnung.

Die Landschaft meines
Gedächtnisses lenkt meine
Schritte durch den Gesang
wilder Tulpen über verwaiste
Hinterhöfe meiner
Kindheit.

Die Farbe meiner Liebe ist
wie klares Wasser,
das über gebrochener
Erde weint und
in ihre Narben
perlt.

Kaspian wiegt mich wie
einen verlorenen Tropfen in
seinen Schaumkronen,
raunt mir mit tausend
Zungen sein letztes
Geheimnis zu.

Die Sehkraft des Weltenauges
ist mit Blindheit geschlagen,
die Quelle meiner Gedanken
bleibt treu konserviert.
Keines meiner Worte
steht zum Verkauf.

Bring mir Datteln, mein Freund,
und duftenden Chai, damit
wir unsere Heimat schmecken.
Nichts bleibt vergessen … Nichts

2016

Freiheit, goldener Vogel

Freiheit, goldener Vogel,
man nahm Dich gefangen,
stahl Dir Deine Lieder,
muss nun um Dich bangen.
Ach, ich hör Dein Weinen
hinter Eisengittern,
nichts kann uns mehr einen,
muss nun um Dich zittern.

Freiheit, goldener Vogel,
bist mir treu ergeben,
doch nun kämpfst Du selber
um das Überleben.
Und ich starre müde
auf gebundene Hände,
schon erlischt das letzte Licht,
nur noch nackte Wände.

Freiheit, goldener Vogel,
hast gestutzte Schwingen,
Blut und Hass bedecken Dich,
kannst vom Licht nicht singen.
Schließt sich eine letzte Tür
und der letzte Vorhang fällt,
dann stirbt mit Dir, Freiheit,
unsere schöne Welt.

2014

Humor

Mit einem Teddybär lässt sich gut träumen.
Er ist ein wunderbarer, duldsamer Gefährte,
mit dem wir nach Belieben herzen und kuscheln
können, bis uns ein Frosch wachküsst.

Nächtliche Klagen

Die Nachtigall, die hör ich schlagen
und über arge Schmerzen klagen,
sie hat den Rotwein nicht vertragen,
er liegt ihr ziemlich schwer im Magen.

Ich lieg schlaflos im Himmelbett.
Hoch oben auf des Daches Brett
errichtet man ein Lazarett
und singt nun traurig im Duett.

Es jammert nun die Waldohreule,
die seufzend aufstöhnt mit Geheule,
im Magen wölbt sich eine Beule,
die Feldmaus hatte sicher Fäule.

Als ich mich unter Kissen grabe,
gesellt zum Trio sich ein Rabe,
der krächzend kundtut mit Hingabe,
dass er den Arzt gerufen habe.

Vorbei der Schlaf, ich kann nur wachen.
Um das Quartett nun voll zu machen,
erscheint mit seinen Siebensachen
Herr Doktor Uhu bei den Schwachen.

Verteilt ein Mittel zum Erbrechen,
verordnet Ruhe und kein Sprechen,
Ich schleich hinaus, wir sind Terzett,
doch schickt er mich sofort ins Bett.

Wendland-Parties

Mucksmäuschenstill, die Vögel schweigen,
der kühle Wind braust in den Zweigen.
Ich räkele müd mich in den Kissen
und will den süßen Schlaf nicht missen.

Horch, das Geräusch dort auf dem Dach!
Mit einem Schlage bin ich wach.
Denn Bruder Kuckuck, dieser Zecher,
hebt trunken lallend seinen Becher.

Zum Stelldichein hat er getroffen
Frau Nachtigall, die nun besoffen,
laut trapsend im Geäst verhält
und hofft, dass sie nicht runter fällt.

Der Specht ob dieses Lärms erwacht,
rächt sich dafür nun hundertfach.
Er schlägt die Trommel fest am Stamm,
dem Wurm dahinter wird ganz klamm.

Der Vollmond scheint mir ins Gesicht
und im Gebälk der Holzwurm spricht.
Sogar die Spatzen sind nun munter
und tschilpen auf die Säufer runter.

Als dann der junge Morgen graut,
hab ich ihn müde angeschaut,
denn unterm Auge wuchs ein Schatten,
weil andere eine Party hatten.

Der Frühlingsignorant

Ein jeder freut sich – tralala –
Der Frühling ist nun endlich da!
Und nicht nur der, das muss ich sagen,
er bringt auch wieder jene Plagen,
die ich im Winter nicht vermisste,
sie steh'n auf meiner schwarzen Liste.

Da säuselt mir mit viel Gebrummel
ganz laut ins Ohr die dicke Hummel:
»Wart nur, geh bloß nicht in den Garten,
die Wespen auf den Angriff warten,
den Stachel frisch geschärft, den spitzen,
damit sie dich mal tüchtig ritzen!«

Ich dank ihr artig für den Rat.
Was seh' ich da in dem Salat?
Da tummelt es sich rauf und runter,
und das Gewürm ist ziemlich munter.
Es ist so, wie im letzten Jahr,
hach, alle Würmer sind schon da(!),
auf meine Kosten sich zu laben!
Was mir noch fehlt, sind Küchenschaben!

Es grünt und sprießt in allen Ecken,
am meisten freuen sich die Zecken,
die wollen diesmal nichts verpassen,
und sich so richtig fallenlassen
auf mich, wenn ich an Büschen steh.
Das Beste ist, wenn ich jetzt geh
ins Haus, da warten schon die Fliegen,
na wartet nur, ich werd euch kriegen
mit meiner roten Fliegenklatsche –
nun sitz ich selber in der Patsche.

»Wie hart bist Du und so gemein,
was quälst Du arme Tierelein«,
so schimpft Gertrude mich nun arg,
ich zieh von dannen in den Park.
Der Krokus küsst das Vögelein,
man paart sich unterm Sonnenschein,
auf einer Parkbank sitz ich Alter,
betrachte den Zitronenfalter,
der fröhlich über Blüten schaukelt
und glücklich durch die Lüfte gaukelt.
Der tut mir nix und stört mich nicht,
der kleine gelbe Zitruswicht.
Wieso denk ich nun grad daran,
ob man Zitronen falten kann?

2008

An eine beschwerte Blume

Du hast die Tränen aufgefangen,
die letzte Nacht der Wind vergaß,
als er gebläht von Liebeskummer
auf dieser grünen Wiese saß.

Er liebte heimlich eine Brise,
oh, nein – das ist kein übler Scherz,
sie zog vorbei, die dumme Liese,
und brach dem Frühlingswind das Herz.

Du kleine Blume hast zu tragen,
an dieser schweren Tränenlast,
da bleibt nichts anderes mir zu sagen,
dass Du den Schwarzen Peter hast.

Spurensuche

Auf dem Asphalt glüht heiß die Sonne,
sie prägt ihm ihre brennend Spur,
er schwitzt, es naht die Blechkolonne,
die Hitze schält ihn zur Tortur.

Da kommt in grüner Frohnatur
ein Frosch gehüpft auf Asphalts Rücken,
ein Auto naht, die Reifenspur
wird ihn in heißen Teer tief drücken.

So wurden beide spurenreich
bedacht und das hat tief gesessen:
Der Frosch ist tot, der Asphalt weich –
sie hatten andere Interessen ...

Ableben einer Mücke

Die kecke Mücke
schlich mit Tücke
unter mein Gewand.

Dort piekte sie
voll Euphorie
mir heimlich in die Hand.

Ein Klaps von mir
das Mückentier
lag tot vor mir im Sand,
... weil uns rein nichts verband.

Wohin falsche Grammatik führt

Es war im späten Mittelalter,
da stahl ein Dieb dem Schlossverwalter
viel Gold und wurde flugs gefangen.
Der Richter sprach: »Nun musst du hangen!«

Der Dieb voll Angst zum Galgen taumelt,
dort wird am Seil er aufgebaumelt,
er keucht: »Es quält's« und ist vergangen
und wurd am Höllentor empfangen.

Da sprach der Teufel von der Schicht:
»Du tatest Übles, böser Wicht,
Du hast gestohlen, schlecht gerochen
und hast Dich pausenlos versprochen.

»Wieso versprochen?«, fragt der Strolch,
und schaut dabei auf seinen Dolch.
»Dieser Empfang lässt mich verdutzen,
ich tat mein Mundwerk stets gut putzen.

Und niemals nicht hab ich gelogen,
das ist hier aus der Hand gesogen.«
»Nein«, ruft der Teufel, »dummer Wicht,
ich meine doch die Lüge nicht!«

Schon wieder drehst die Worte du
ganz schief und falsch im Munde zu!
Waren nicht deine letzten Worte:
»Es quält's, an jenem Galgenorte?«

»Ja«, ruft der Dieb und ringt die Hände,
»findet mein Quält's denn gar kein Ende?
Es quält's mich weiter, hier zu sein,
gibt's gar kein Ende meiner Pein?«

Der Teufel fängt jetzt an zu rauchen:
»Du nervst, ich kann Dich hier nicht brauchen!
Dein Sprachschatz quält mich ohne Ende.
Drum pack Dich fort, mach eine Wende!«

Der Teufel schließt das Höllentor
der arme Tropf verharrt davor.
Er ruft: »Es quält's, wo soll ich hin?
Ist das für mich ein Neubeginn?

Er hebt die Arme hoch empor
und schreit: »Es quält's!« zum Himmelstor.
Doch dort hat Petrus sich getarnt,
verschließt die Tür, er ist gewarnt.

Was quälte es, wirst du nun fragen,
doch auch der Dieb kann's nicht mehr sagen.

Pan und Hölderlin

Seufzend hockt in Arkadien
auf nacktem Fels der junge Pan,
bei ihm pausiert der Hölderlin,
die Taschen voll mit Marzipan.
Da packt den jungen Pan die Lust
auf dieses Naschwerk, fremd und fein,
doch nun verspeist zu seinem Frust
der Hölderlin es ganz allein.

Ach, spricht der Pan, schau her, ich tausch
Dir gegen Marzipan die Flöte!
Dem Hölderlin missfällt der Plausch.
»Was soll denn ich mit dieser Tröte?
Das Marzipan, mein lieber Junge,
bringt mir stets einen Hochgenuss,
doch dein Gedudel aus der Lunge,
bringt selbst die Schafe in Verdruss.

Die Nymphe hast du zwar verloren,
als Schilfrohr wiegt sie nun der Wind.
Macht ihr Verlust dich gar zum Toren?
Pack deine Hufe, eil geschwind
ins Tal, dort wartet deine Herde,
die ohne dich nicht ziehen kann.

Damit der Weg versüßt dir werde,
schenk' ich dir gern mein Marzipan.«

Der junge Pan nahm's im Galopp
und unser Dichter nahm's salopp.

Der Tauchenix

Hoch auf dem Fels sitzt Lorelei
und kämmt ihr langes Haar,
ein junger Fischer fährt vorbei
und wünscht, er wär' ihr nah.

In Liebe ist sein Herz entbrannt
bei diesem holden Bild,
doch Lorelei, die dies erkannt,
führt anderes im Schild.

Der Kamm entfällt der zarten Hand
ins Wasser vor den Kahn,
so springt er in den Fluss gewandt,
getäuscht im Liebeswahn.

Er taucht zum Grund und ist verdutzt,
sucht eine ganze Weile,
doch leider ist der Rhein verschmutzt,
der Taucher hat nun Eile.

Der Tag geht, es ist Abendstund',
der Fischer findet nicht ins Boot,
treibt wie ein Blatt auf tiefen Grund
und ist nun leider mausetot.

Und die Moral – wie weh's auch tut:
Nicht jede Story endet gut.

Schlange beim Philosophieren

Ein Würmchen möchte ich nicht sein,
ohne Gehirn und ziemlich klein,
zudem wird es beim Gartenjäten
gezogen und auch mal zertreten.
Nein, ich bin hier, und das schon lange,
man nennt mich zwar die falsche Schlange,
das Kriechtier aus dem Paradies,
das man zu Unrecht böse hieß.

Dabei wollt ich nur Eva testen,
ich schwör, ich tat's zu ihrem Besten.
Sie lebte dort zwar wohlgestaltet
und hat den Garten gut verwaltet.
Doch war ihr Leben ziemlich träge
und ihr Verstand mitnichten rege,
besonders Adam war sehr dumm
und lag im Garten lustlos rum.

So hat mir Eva anvertraut,
dass selbst der Sex nicht mehr hinhaut,
rundum nur pure Langeweile.
Ich sprach: »Zu Deinem Seelenheile
nimm diesen Apfel knackig rot!«
»Oh weh, da gibt's doch ein Gebot!«
ruft sie laut aus und ist erschrocken.
»Beiß nur hinein«, tat ich sie locken.

Sie haben ihn zu zweit genossen
und auch Erkenntnis ist geflossen.
Gott hat sie in die Welt entlassen,
vergaß auch nicht, mich abzupassen.
Vorbei des Nichtstuns süße Zeit,
Eva bekam ihr erstes Kleid
und Adam ohne Blatt vorm Mund
geht täglich Gassi mit dem Hund.

Der Apfel ist 'alteingesessen'
und wird noch heute gern gegessen.
Der Mensch vertreibt sich Langeweile
durch Kriege, Kämpfe oder Keile.
Das Spiel, die Welt neu aufzubauen,
wird immer wieder umgehauen
und Sex gibt's nun im Internet
und weniger im Ehebett.

Ich sitze hier auf meinem Stein
und wärm mich auf im Sonnenschein,
war niemals Teufel, bin nur Schlange.
Doch um die Menschheit ist mir bange.

Wie der Olymp zu seinen Spielen kam

Der Augias schien Mist zu lieben,
nie sah man ihn die Gabel schieben.
In seinem Stall mit tausend Rindern –
3000 waren's mit den Kindern –
lag nun seit 30 Jahren Mist,
es roch, was aufgefallen ist.

Nun galt's, den Stall gut auszumisten
und dafür einen Preis zu listen.
Herakles hat sein Werk vollbracht,
wenn auch nicht grad in einer Nacht.
Er hat die Wand des Stalls zerbrochen,
danach hat's nicht mehr streng gerochen.

Er leitete den Fluss hinein,
Nun dürfte alles sauber sein.
Augias wollt den Preis nicht löhnen,
stattdessen tat er ihn verhöhnen.
Das fand Herakles nun gemein
und forderte sein Leben ein.
Augias starb und mit ihm viele.
Als Lohn gab's die Olymp'schen Spiele.

Der Wettkampf

Wer kann sein Ziel rasant erreichen?
Das fragten sich sechs wackere Streiter.
Drum baten sie: »Gib uns ein Zeichen,
lieb' Ameise, als Flugrennleiter.«

Sechs Kandidaten sind am Start,
vom roten Käfer bis zur Hummel,
auch eine Schnecke steht parat,
belächelt von so manchem Dummel.

Sie streicht die Flügel, die Libelle,
die Wespe brummt, die Flieg' verstummt
die Meise pfeift ihr A zur Schnelle,
und alles in die Lüfte summt.

Zurück bleibt gleichmütig die Schnecke,
sie schleimt sich vorwärts Schritt für Schritt.
Es ist 'ne ziemlich lange Strecke,
Nun heißt's Geduld, die bringt sie mit.

Auf ihrem Wege durch die Lüfte
sah man zuerst Libelle scheitern,
sie stürzte auf die Schotterpiste,
um ihre Gesichtsfeld zu erweitern.

Der Hummel war die Sicht versperrt,
so flog sie blindlings immer weiter,
da hat sie sich im Heu verirrt,
nun waren es noch vier der Streiter.

Die Wespe flog vergnügt und brummte.
Sie achtete den Weg nicht sehr,
stieß mit dem Kopf auf Fels, verstummte,
so schied sie aus und war nicht mehr.

Die Fliege nahm die Kurve scharf,
war sie doch allzu gut in Schwung,
was sie dann aus der Flugbahn warf.
Sie hauchte aus ihr Leben jung.

Ein Jubelschrei vom Käfer tönt,
er fand das Leben wunderbar.
Er sah sich schon im Sieg gekrönt,
bis er das Stoppschild übersah.

Die Ameise am Ziel, sie wartet,
der Abend dunkelt, es wird Nacht,
da kommt im Morgen angewatet
das Schnecklein langsam mit Bedacht.

Und die Moral von der Geschicht:
Nicht jeder ist ein schneller Wicht,
nur weil er glaubt, er könnte fliegen.
Durchhalten hilft und lässt uns siegen.

Der Boxer und der Sultan

Ein guter Mann war jüngst gestorben,
der boxte sich mit starker Hand
durchs Leben, hat sich Ruhm erworben,
und war bekannt in jedem Land.
Er stand im Dasein für die Rechte
der Menschen und war gegen Krieg,
bekämpfte mutig alles Schlechte
und trug davon so manchen Sieg.

Zum Islam ist er konvertiert,
das brachte ihm viel Ärger ein,
doch wer ihn liebte, hat gespürt,
er wird immer derselbe sein.
Er fürchte Teufel nicht und Tod,
das hat er allen kundgetan,
obwohl geschmäht und oft bedroht,
stand er doch tapfer »seinen Mann«.

Mit ihm starb eine Boxlegende,
die allen im Gedächtnis bleibt,
für sein Begräbnis spricht es Bände,
wie bunt das Leben Blüten treibt.

Denn selbst im Tode hat er Lacher
– er selber lachte doch so gern –
er war ein Kämpfer und der Macher,
für viele Vorbild und ein Stern

Als nun die Leute ihn zu Grabe
trugen auf seinem letzten Gang,
erschien mit Pomp und viel Gehabe
ein Sultan aus dem Morgenland.
Der kam nicht etwa, ihn zu ehren
– man hatte ihn nicht eingeladen –
Er wollte von der Ehre zehren,
um selbst mit Ruhm sich zu beladen.

Die Rede hat man ihm verboten,
das wäre nicht in Ali's Sinn,
denn Menschenhasser und Idioten
sind für die Runde kein Gewinn.
Der Sultan hatte seine Masche,
um das Verbot flugs zu umgehen,
steckt noch ein Trumpf in seiner Tasche,
den er nun rauszieht so im Gehen.

Zum Vorschein kommt ein Fetzen Stoff,
den will er auf den Sarg platzieren,
Da wartet schon der nächste Zoff,
denn das tut keinen amüsieren.
Er brüllt, dass er aus Mekka sei –
der Stoff – mit Worten eng beschrieben,
den Trauernden ist's einerlei,
und so wird er ins Eck getrieben.

Erteilt wird ihm ein Platzverweis,
der Sultan ist nun ziemlich sauer,
verlässt beleidigt diesen Kreis,
nichts mehr mit Demut oder Trauer,
steigt in den Flieger, wie erwartet,
dafür lag mancher auf der Lauer.
Ja, der Despot ist sehr entartet
und sein Besuch war nicht von Dauer.

Wäre der Boxer noch am Leben,
verlöre er wohl keine Zeit,
ihm ins Gesäß den Tritt zu geben,
zum Flug mit Lichtgeschwindigkeit.
Lauthals würd' er den Tropf belachen,
das Leben spielt die Partitur,
der Sultan kann rein gar nichts machen,
er ist und bleibt Karikatur.

2016, gewidmet dem Boxer Muhammad Ali
alias Cassius Clay und Staatspräsident Erdoğan, der
sich an dessen Grab nicht mit Ruhm bekleckerte

Olympisches Goldgewicht

Es hebt der Rudi ein Gewicht,
so mancher denkt, der packt das nicht.
Er stemmt es hoch, es gibt Applaus,
was man nicht weiß, er übt zu Haus.

Dort wartet kiloschwer die Nette,
sein holdes Weibsbild, die Babette,
die ihn in keiner Weise hemmte,
wenn er sie fröhlich aufwärts stemmte.

Und die Moral von der Geschicht'?
Manch Goldmedaille hat Gewicht.

Armes Schwein

Das Schwein an sich ist etwas dick,
trotzdem hat es gewissen Chic,
es trägt zwar weder Kleid noch Hosen,
und duftet auch nicht gerad' nach Rosen.

Doch ist es klug und aufgeweckt,
was manchen Zyniker erschreckt.
Als rosa Ferkel ist es niedlich,
und grunzt in deinem Arm so friedlich.

Ist es dann groß, rund anzuschau'n,
so ausgewachsen matschigbraun,
und suhlt sich gern in feuchtem Dreck,
ruft mancher: »Pfui, geh von mir weg.«

Ein dickes Schwein, das ist das Beste,
drum frisst es alles, auch die Reste.
Gar manchem bringt's ein Schimpfwort ein,
es heißt: »Friss nicht so wie ein Schwein!«

Dabei ist es sehr gut geraten,
dient manchem gar als Schweinebraten.
Wir Menschen sind so undankbar
und uns darüber nicht mal klar:

Erst züchten wir es dick und fett,
dann finden wir es gar nicht nett,
um hinterher es zu verspeisen,
darauf sein zartes Fleisch zu preisen.

Im Streit schimpft jemand zornig los:
»Du bist ein Schwein! Ein Schwein ganz groß!«
Was bildet mancher sich nur ein? –
Ja, es ist schlimm, ein Schwein zu sein:

Das arme Schwein bleibt niemals heil,
es lebt nur für das Schlachterbeil.

Das Osterlamm

Bald naht die bunte Osterzeit,
der Frühling kommt, es ist so weit:
der Hase klaut der Henne Eier,
er braucht sie für die Osterfeier,
um sie dann heimlich zu verstecken
in Mulden, Büschen oder Hecken.

Das Osterlamm springt froh und munter
die Blumenwiese rauf und runter.
Ach, könnte es doch ewig springen,
ich würd ein Loblied darauf singen.
Doch schon hebt sich das Schlachterbeil,
das Lämmchen ist nun nicht mehr heil.

Am Ostertisch das Lämmchen schmeckt,
der Mord wurde nie aufgedeckt ...

Beim Melken

Der Bulle trottete voran
und stellte sich zum Melken an,
weil er noch nicht ganz ausgeschlafen,
ihn dann die Händ' der Bäurin trafen,
die blindlings Kuh um Kuh versorgte
und sich nun seine Bämmel borgte.

Als sie ihn mit gewandten Händen
so zog und melkte an den Enden,
entwich ihm jubelnd aus den Nüstern
ein Brunftlaut – und der war kein Flüstern.
Die Bäuerin fiel vor Schreck vom Hocker
und ihre Hände wurden locker.

Vorbei der Spaß, vorbei die Lust,
der Bulle schlich davon mit Frust.
Und die Moral von der Geschicht':
Schweig still, Du Narr, halt einfach dicht!

Bäriges

Der Plantschbär plantscht in vollen Zügen
im Swimmingpool vorm Bärenhaus,
der Nasenbär schaut mit Vergnügen
mit langer Nas' zum Fenster raus.

Im Hause schreibt der Kugelschreibär
sich seine Kugeln aus der Brust
und brummelt über Bärenweiber,
die untreu sind. Ach, welch ein Frust.

Der Waldhimbär hat Depressionen,
die Zukunft sieht nicht rosig aus
so wie sein Kleid, nichts kann es schonen,
bald kocht man Marmelade draus.

Der Bärlauch hockt im Wald verschwiegen
und muffelt lauchig vor sich hin,
sich auf den Kräuterquark zu schmiegen,
kam ihm bisher nicht in den Sinn.

Der Hubschraubär wird nicht erlauben,
dass man ihm auf die Pelle rückt,
um ihn zu hupen oder schrauben.
Das ist manch Schraube schon missglückt

Der Blaubär küsst mich auf den Mund,
sein Kuss schmeckt süß wie Blaubeereis,
er ist so knuddelig und rund,
ob er das aber selbst schon weiß?

Ich bind dir einen Bären auf
und suche nach dem Bindebären,
doch der ist leider nicht gut drauf,
vermutlich wird er sich nun wehren.

Von fliegenden Kühen

Wenn Kühen Flügel wachsen,
erheben sie die Haxen
und schweben voller Leichtigkeit
in unseren Träumen durch die Zeit.

Wenn Kühe fröhlich lachen
und dumme Witze machen,
dann wissen ich und Du im Nu:
Die Leichtigkeit ist eine Kuh

Idylle

Sonnenschein, alles gut,
eine Kuh im Schatten muht
und ein Dichter wohlgemut
übt an seiner Dichtungsflut.

Wovon man nur ungern spricht,
diese Kuh war nicht ganz dicht,
und dem Dichter ungelegen,
weht ein Windchen nun entgegen.

Der Dichter tut, als ob nichts riecht,
obwohl es durch die Lüfte kriecht.
Doch schaut man ihm klar ins Gesicht,
spricht's für ein anderes Gedicht.

2016, gewidmet Karl Feldkamp,
dem lieben Dichterfreund

Der Stier

An seinem Kopf trägt er ganz vorn
so rechts und links ein starkes Horn.
Auch sollte man ihn niemals reizen,
denn er wird nicht mit Kontra geizen.

Sein Blick ist feurig, gar nicht dumm,
er läuft gern auf der Wiese rum,
um dort Luise zu beglücken,
sie muht froh auf: »Ach, welch Entzücken!«

Wenn er sich ihr wohlwollend zeigt
und sie von hinten flugs besteigt,
ist seine Kraft ganz ohnegleichen.
Da gibt es noch das Stiersternzeichen.

So mancher Mann wär' gerne Stier
und so potent, wie dieses Tier.
Drum ist er selten gern allein,
wird immer auf der Suche sein.

Er sucht nach Weib, wie Stier nach Kuh,
nur trifft beim Stier es niemals zu,
wenn er den Lebenspartner misst,
dass er die falschen Frösche küsst.

Daneben

Das Bäuerlein liegt auf der Pirsch,
es jagt den Fuchs und nicht den Hirsch,
der ihm so ein ums andere Mal
aus seinem Stall ein Hühnchen stahl.

Wie es still hinterm Busch nun lauert,
stöhnt es gereizt: »Mein Gott, das dauert!«
Es frischt der Wind und vom Hinstieren
bekommt es etwas mit den Nieren.

Denn mittlerweile rutscht die Hose,
das Gummiband war lange lose.
Es steht und reckt die steifen Glieder
und spricht: »Das tue ich nie wieder! «

Wenn ich auch schaue wie ein Luchs
zeigt sich hier kein verdammter Fuchs."
Gerad will es heim, da schleicht – Ohwei –
der Meister Reinecke vorbei.

Das Bäuerlein legt an geschwind,
der Fuchs tut seinen letzten Sprint.
»Ei«, ruft das Bäuerlein hochglücklich,
was war der Fangschuss doch erquicklich!"

Doch naht von hinten alldieweil
auf breiten Tatzen das Unheil,
denn Meister Petz, der große Braune,
hat ausgesprochen schlechte Laune.

»Du störtest hier die Waldesruhe!«
brummt er, »du weißt, was ich nun tue?«
und packt das Bäuerlein am Kragen:
»Willst du zum Ende noch was sagen?«

Wie man es dreht in seinem Leben,
geht mancher Schuss auch mal daneben,
drum sollte man beim Vorwärtstraben
auch seine Augen hinten haben.

Was war zuerst da?

Was war zuerst auf dieser Welt?
War es das Ei? Das Huhn im Feld?
Die Wissenschaft plädiert hierbei
ganz deutlich für das Hühnerei,
wobei den Sinn ich nicht erkenne.
Wer legt das Ei denn ohne Henne?

Frühmorgens, wenn ich gern entspanne,
schlag ich mir Eier in die Pfanne.
Als ich genüsslich sie verzehre
und mich an Proteinen nähre,
frag ich mich wiederum, was ist:
Hat niemand hier den Hahn vermisst?

Das Ei scheint mir ein Waisenkind,
weil seine Eltern gar nicht sind.
Die Logik sagt mir frank und frei,
ohne den Hahn entsteht kein Ei.

Da hilft kein Wunder und kein Beten,
ein Hahn muss schließlich Hühner treten,
es sei, das Huhn kam wie Marei,
wie eine Jungfrau zu dem Ei.

Schöne Aussichten

Ein Regenwurm frisst Erde gern,
sein Darm reicht ihm von Kopf bis After,
der Sex mit andren liegt ihm fern,
er ist sich selbst genug, das schafft er,
durchwühlt den Boden mit Gerangel,
man sieht's, der Garten gut gedeiht,
doch Mensch hängt ihn an seine Angel
als Bissen einer Fischmahlzeit.

Danach verspeist der Mensch den Fisch
mit Petersilie und Zitrone,
der Wurm im Magen war ganz frisch
und auch der Fisch war nicht so ohne.
Doch die Moral von der Geschichte
nimmt lebenslang den gleichen Lauf:
so steht es auch in dem Gedichte:
Der Große frisst den Kleinen auf.

Der Ganter

Neulich traf ich beim Tangotanz
auf einen Ganter namens Franz.
Er schmeichelte: »Ach, meine Süße!«
und trat mir auf die Gänsefüße,
beschenkte mich mit Gänseblumen,
schnappt mir vom Teller manchen Krumen,
prostet mir zu mit Gänsewein
und schnattert planlos auf mich ein.

So hoffte er, mich zu beglücken
und wünschte sich noch Gänseküken.
Ich sagte Nein zu seinem Wahn
und wählte lieber einen Schwan.

Und die Moral von dem Gedicht:
Mit dummen Gantern treff Dich nicht!

… vor dem Fall

Ein Ei, sehr prall und gut geraten,
verliebte sich in zwei Tomaten
und sprach: »Ich will es hier bekennen,
nie mehr will ich mich von euch trennen,
zusammen wären wir komplett,
und sei es auch nur als Omelett.«

Nur kurz währte die Liebesspanne,
schon brutzelt Öl in einer Pfanne,
Tomaten wurden kleingeschnitten,
es heißt, dass sie nicht lange litten.
Dem Fett entsteigt ein süßer Duft,
dem Ei wird's eng, es japst nach Luft,
die Tat lässt sich nur schwer verdauen,
wenn Liebe in den Topf gehauen.

Das Ei hatte sich viel erhofft,
nun fällt's, zerbricht ganz unverhofft,
und liegt zerflossen wie ein Brei –
von ihm blieb nur ein Spiegelei …

2014

Der Vorsatz – nichts für Vegetarier

Ach, wie oft sag ich zu mir:
Iss Gemüse – nur kein Tier.
Das gilt auch für jeden Fisch,
mager wird's auf meinem Tisch:
nur Gemüse, Sojasprossen,
Körnerfrüchte pur genossen.
Tofu brutzelt in der Pfanne,
Kräutertee schleicht aus der Kanne.

Aus ist's mit dem falschen Hasen,
Schaschlik, Döner – weggeblasen,
ich sag selbst zum Frikassee
von dem Kälbchen einfach »Nee«.
Und zum Schnitzel von dem Schwein
sag ich kategorisch »Nein«,
Knusprig lockt mich das Kebab,
schweren Herzens wink ich ab.

Etwas dünn wird nun die Luft,
denn da weht ein Bratenduft,
dringt mir köstlich in die Nüstern,
macht mich unruhig und sehr lüstern,
schon hör ich den Teufel flüstern:
Zier Dich nicht, hau einfach rein,
ist doch Hähnchen und kein Schwein ...

Grinsend dreht er mir den Strick,
seufzend wende ich den Blick
auf den frischen Palatschinken,
der Vergleich jedoch kann hinken.
In den Eigelben, den hellen,
stecken ein paar Salmonellen,
die mir aus dem falschen Schinken
fröhlich aus der Pfanne winken.

Ich such nun nach Mais und Möhren,
meinen Magen zu betören.
Leider gibt's in dieser Szene
im Gemüse fremde Gene,
was ich sehe, ist nicht schnuppe,
da herrscht Leben in der Suppe.

Der Mais erzählt beim Suppenbaden
den Möhren seine Eskapaden.
Eine Weile hör ich zu,
mit Mais und Möhr' auf Du und Du.
Dann nehme ich das Hackebeilchen,
zerstückele sie in viele Teilchen.
Beim Mais, da spür ich Widerwillen,
er lässt sich nicht so einfach killen.

Nun forme ich in aller Schnelle
eine leckere Frikandelle,
brutzele sie dann mit Genuss –
mit dem Vorsatz ist jetzt Schluss ...
wie auch sonst in diesem Leben
lohnt es nicht, zu hoch zu streben.
Starke füllen ihren Kropf,
Schwache landen nur im Topf.

An der Waterkant

Geduldig aber dennoch flink
warf Heino seine Leine aus,
an der ein flotter Hecht bald hing.
Er eilte flugs im Trab nach Haus.

Die Anglerfrau blickt auf den Hecht,
deckt grimmig brummelnd dann den Tisch,
und denkt bei sich: Wie ungerecht.
Nun gibt es eine Woche Fisch.

Heringssalat

Ein Hering schwamm so vor sich hin,
es plagte ihn die Langeweile,
ihm stand Veränderung im Sinn,
doch damit hatt' er keine Eile.

Zu spät – das Netz sich um ihn wand,
ergriff auch seine Heringsbrüder,
gepackt von einer Menschenhand,
fand er sich im Salat bald wieder.

Nun spricht er säuerlich betroffen,
»Ach könnte ich ins Meer zurück!«
Und von der Marinad besoffen,
träumt er vom einst'gen Heringsglück.

Hammerhai

Der Hammerhai, der hammert nicht,
er schaut Dir freundlich ins Gesicht,
doch zeigst Du ihm ganz frech den Po,
haut er von hinten Dich k.o.

Esels Glück

Erwartungsvoll, den Hals gestreckt,
von Baum und Büschen gut versteckt,
steht hinter einer Gartenmauer
ein alter Esel auf der Lauer,
schaut auf die Blumen farbenfroh
und denkt, für mich bleibt nur das Stroh.
Er träumt sich in den Blumengarten,
doch leider muss er draußen warten,
wo nur ein Hauch von Blütenduft
ihm lockend in die Nüstern pufft.

Da winkt das Glück mit langen Armen,
zeigt diesem Grautier sein Erbarmen
und öffnet mit dem Wind das Tor.
Flugs trabt das Eselchen davor,
nimmt Anlauf und dann – hopplahopp
stürmt es durchs Tor im Schweinsgalopp,
hat alle Blumen angefressen,
den Garten konnt man dann vergessen.
Und die Moral von der Geschicht'?
Den einen freut's, den anderen nicht.

Im Netz

Im Internet trägt zur Statur
ein jeder eine Maske nur.
Drum füg Dich ein im Maskenreigen,
um jene Seite dann zu zeigen,
die Dir in Deinem Traum vorschwebt ...
ach, hättest Du sie nur gelebt!
Stattdessen klebst Du an den Tasten,
um Foren eilig zu durchhasten,
schreibst Deine Thesen, flirtest munter
die kleine Scheinwelt rauf und runter.

Und draußen dreht sich ständig heiter
das Weltrad mit dem Leben weiter,
dem Du mit Freuden einst entsagt,
in dem die Wahrheit ständig plagt,
nennst jeden »Freund«, der Dich hier lobt,
und hast Du Dich dann ausgetobt,
löscht Du das Licht, gehst müd zu Bett,
ach, war das heute wieder nett!

Am nächsten Morgen stellst Du dann
sogleich Dein Facebook wieder an,
siehst nicht die Menschen um Dich her,
denkst nur daran, wie schön es wär,
mehr Freunde aus dem Chat zu finden,
um Dich mit ihnen zu verbinden.
Juhu! 500 sind nun rund!
Und ohne Wort im Hintergrund
packt Deine Frau still ihr Gepäck.
501! Nun ist sie weg.

So sitzt Du abends nun allein,
denn warm ist nur der Lampenschein,
bewegst Dich nicht von Deinem Orte,
schreibst in die Leere ein paar Worte,
die mancher liest und freundlich liked,
indem er kurz Interesse zeigt.
Bist Du auf Antwort auch versessen,

genauso schnell bist Du vergessen.
Stirbst Du, dann weinen ein paar Schatten,
die ohne Dich nichts anderes hatten
und jemand kritzelt auf den Stein:
im Netz fand sich sein ganzes Sein.

Anticamping-Barcarole

Reisen in dem Campingwagen?
Da bekommt mich niemand rein!
Mag in allen Lebenslagen
gern bedient, verhätschelt sein.

Campen kann mich nicht begeistern,
hab's gern rundherum bequem,
Pagen, die um mich rumgeistern,
finde ich sehr angenehm.

Zimmermädchen, die gern putzen,
Betten machen und abstauben
und den Aufzug zu benutzen,
werde ich mir stets erlauben.

Auserlesene Gerichte
bringt der Ober mir im Nu,
ein Klavier im Kerzenlichte ...
das gehört für mich dazu.

Ich lieg da in weichen Daunen,
draußen weht ein milder Wind,
Von dem Meere hör ich's raunen,
schlaf nur ein, mein liebes Kind.

Kirchengesänge

Der Boden der Empor' war morsch;
prompt brach der Organist dort ein,
sank durch den Boden allzu forsch,
brach sich dabei das rechte Bein.

Der Kirchenchor war kaum betroffen,
denn er sang jubelnd frohe Lieder,
der Organist war sturzbesoffen,
der Text hieß: »Alle Jahre wieder«

Die Briefmarke

So eine Marke zu belecken,
ist in der Tat kein Zuckerschlecken.
Darum ließ er sie unbeleckt,
was in der Tat nicht so bezweckt.

Der Brief, er wurde nicht geschrieben,
die Liebe jedoch ist geblieben.
Die Nachricht kennt so viele Stufen …
darum hat er sie angerufen.

Hirnlos

In so manchem trägen Hirne
leuchtet leider keine Birne,
die Gedanken umzulenken,
weil wir denken, dass wir denken.

Hirnlos bleiben Idioten,
Diktatoren und Despoten,
weil, das hat man schnell erkannt,
ihre Birne durchgebrannt ...

Kackstelze oder Brauner Sommer

Der Himmel weint, die Sonne macht
sich rar, weil sie woanders lacht.
Es ist August und steter Regen
dringt von der Kleidung auf die Haut,
Matsch bildet sich auf allen Wegen
und Mensch sich kaum nach draußen traut.

So wie der Matsch auf unseren Straßen,
ist auch politisch nicht zu spaßen.
In manchem Kopf bleibt's hohl und dumpf
durch Fremdenhass und Hetzparolen,
ein jeder aus dem braunen Sumpf
will Fremde brennen und versohlen.

Pegida-Clan und AfD
sagen der Menschlichkeit Adé!
Die Dummheit zeigt sich und marschiert
quer durch die Stadt mit dreisten Schildern,
wobei der Mob sich nicht geniert
mit bregem Spruch und Galgenbildern.

Und um das Nazitum zu loben,
wird mancher Hebel-Arm gehoben.
Die Redner kreischen wild vom Pult,
der Geifer tropft aus manchem Maul,
dem Friedlichen platzt die Geduld,
in diesem Lande ist was faul.

Verzweifelt sucht in dem System
der Mensch die Lösung fürs Problem.
Da kommt von allen unerwartet
auf hohen Stelzen mit Attacke
ein Vogel durch den Pfuhl gewatet,
so mancher nennt ihn einfach Kacke.

Wir Menschen leben in dem Glauben,
uns helfen nur die Friedenstauben.
Dem Irrtum sind wir unterlegen,
denn schon naht Rettung aus dem Sumpf,
die Kackstelze stampft uns entgegen
walzt alles nieder mit Triumpf.

Und die Moral aus dem Gedichte,
Kackstelz' macht braunes Pack zunichte.
Wer Dreck wirft auf des anderen Glück,
kriegt ihn mit voller Wucht zurück.

Stinkefinger

Manch einer schätzt dich mal geringer
und zeigt dir dann den Stinkefinger.

Nun frag ich mich, wie das so ist,
hielt er ihn vorher in den Mist?

War schon Herakles abgeneigt
und hat ihn Augrias gezeigt?

Doch der ist leider tot und schweigt.

Der Kaktusstachel

Ein Kaktusstachel träumt davon,
einmal die bunte Welt zu sehen,
so macht er sich auf Wanderschaft,
ihm fällt es schwer, zu Fuß zu gehen.

Er hatte keine Wanderschuhe,
drum nahm er Platz im Hundefell,
es ging hinaus von Baum zu Baum,
doch endete die Reise schnell.

An einem Fluss verhielt der Hund,
er sprang hinein, schwamm ein paar Runden,
der Stachel löste sich vom Fell,
und blieb von da ab ganz verschwunden.

Und die Moral von dem Geschehen:
Suchst du dir einen Untersatz
zum Reisen in die weite Welt,
dann wähle sorgsam deinen Platz

Kaktusgedanken

Das Weltgeschehen, unerfreulich,
selbst unserem Kaktus wird es gräulich,
er würde gern die Bösen stechen,
die nie belangt für ihr Verbrechen.

Doch schont er lieber seine Kraft
denn immer noch ganz grün im Saft;
hofft er auf eine Kaktusschöne,
auf dass sie ihn recht bald verwöhne.

Kaktus – verliebt

Ein Kaktus auf dem Fensterbrett,
der dachte sich, es wäre nett,
mal eine Kaktüssin zu küssen,
zu zweit zu schwelgen in Genüssen.

So machte er sehr viel Reklame
für die gesuchte Kaktusdame,
die sich bald einfand stachelrund,
da küsst er ihren Kaktusmund.

Oh weh, wie groß war seine Pein!
Die Stacheln piekten auf ihn ein,
er schrie und fluchte angesichts,
das Liebesglück verschwand im Nichts,

Sie sprach: Adé, ich kann nicht leiden
und lasse mich gleich morgen scheiden.
Nun steht ein Dornbusch ihr zur Seite,
die Kaktusliebe war 'ne Pleite.

Kaktus und ich

Ich mag den Kaktus, wie er ist
und stehe mit ihm nicht im Zwist.
Ich werde mich nicht vor ihm hüten,
wo Stacheln sind, da sind auch Blüten.

Kaktus und Rose

Ein Kaktus liebte eine Rose,
sein Herz war ihr tief zugetan.
Sie sah die Liebe ziemlich lose,
betört von einem Rosenmann.

Der Kaktus konnt' es nicht verhüten,
er schlief nicht mehr, hat nur gewacht,
da trieb die Liebe plötzlich Blüten
in einem Wunder über Nacht.

Sie krönten seinen kahlen Schädel,
verschönten ihm sein Angesicht,
und das berührt das Rosenmädel,
der Widerstand in ihr, der bricht.

Sie sprach mit ihm und nahm sich Zeit,
der Rosenmann war eh nicht treu,
beim Kaktus fühlt sie sich befreit,
in ihr wächst ein Gefühl – ganz neu.

Nun bindet vieles diese beiden,
auch wenn's mitunter piekt und sticht,
wer Stacheln hat, muss manchmal leiden,
die Liebe stört sich daran nicht.

Der unzufriedene Kaktus

Mein kleiner grüner Kaktus,
er wurde oft besungen,
mit Empathie und Hochgenuss
aus vollen Männerlungen.

Bei jeder Wetterlage
steht er auf dem Balkon,
denn er ist Undercover,
ein NSA-Spion.

Er schaut gern in die Fenster,
wo Frauen leicht bekleidet
sich räkeln völlig stachellos,
wofür er sie beneidet.

Ach, würd ich nur nicht pieksen,
wünscht er sich insgeheim,
dann hätt ich eine Pfirsichhaut
und wär nicht mehr allein.

Er wackelt auf und nieder,
will in die weite Welt,
da kippt er um und rollt und rollt,
bis vom Balkon er fällt.

Sein Fall ist tief, er denkt dabei,
niemals war ich zufrieden,
so endet er als Kaktusbrei,
dies Los war ihm beschieden.

Katze und Kaktus

Ein Kaktus liebte eine Katze,
die war davon nicht sehr erfreut,
sie zückt die Krallen, hebt die Tatze,
doch dieses hat sie schnell bereut.

Sie traf die Stacheln voller Breite,
sofort erscholl ihr Wehgeschrei,
dann sprang sie hoch, es senkt zur Seite
die Vase sich und bricht entzwei.

Nun sitzt sie in dem Scherbenhaufen,
es piekt und brennt die Katzenhaut,
da kommt ein Mäuschen angelaufen –
sie schluckt es runter und verdaut.

Der Kaktus auf der Fensterbank
schaut sinnend zu und er versteht,
es hilft nichts, wenn man liebeskrank,
wenn Liebe durch den Magen geht.

Wer ich bin

Im Lichte wandeln, mal im Trüben,
bald hart, bald weich, nie stehen geblieben,
mal bin ich Sonne, mal der Wind,
mal Sturm gepeitscht, mal einfach Kind.

Ich trag den Mond im Kerzenschein,
bin Strom und Glut, bin Elfenbein,
als wilder Geist und ruhelos,
fall ich der Liebe in den Schoß,

um dort in Deinem Traum geborgen,
erweckt als Engel jeden Morgen,
Dir zärtlich Deinen Mund zu küssen,
den Staub zu pusten vom Gewissen.

Versinke in mein Augenblau
und spür der Liebe Morgentau,
umfange mich mit Heiterkeit.
Willkommen Menschenblumenzeit!

Abschied

Bin noch halb da und doch schon weg,
mein Herz singt heute Abschiedslieder,
ich sichte fröhlich mein Gepäck.
Sehnsucht nach Freiheit packt mich wieder.

Ich lasse die Gedanken treiben
und schließe meine Augenlider,
könnt ich Dir meinen Traum beschreiben,
wär ich ein Wesen mit Gefieder.

Ich flög' dorthin, wo Frieden thront
und würde von der Liebe sprechen,
die in der Seele aller wohnt.
Darum darf man nie Herzen brechen.

Schau mir noch einmal in die Augen,
sag mir, wie sehr Du mich vermisst.
Will mich in Deinem Blick festsaugen,
damit Du mich niemals vergisst.

2019

Die Autorin

© Serge Muştu

Barbara Naziri alias **Aramesh** – Deutsch-Iranerin mit jüdischen Wurzeln. Die Buchautorin, Lyrikerin und Menschenrechtsaktivistin lebt in Hamburg.
Sie ist Gründungsmitglied beim Hamburger Flüchtlingsrat sowie bei IMUDI (Initiative für Menschenrecht und Demokratie – Iran), Mitglied im Auschwitzkomitee und in der Hamburger Autorenvereinigung.
»Aramesh – Sternenlicht und Katzengold« ist ihr Debüt als Lyrikerin

Letzte Veröffentlichungen:
2018: Barbara Naziri: Granatapfelkerne, Wien, Karina-Verlag.
2017: Barbara Naziri: Vor unserer Tür, Berlin: Hrsg. Sternenblick
2017: Barbara Naziri: Märchenspiegel der Aramesh, Wien, Karina-Verlag
2015: Barbara Naziri und Peter Reuter: Herbstgeflüster – Gedichte und Geschichten zwischen Okzident und Orient, 1. Auflage (Hamburg: TwentySix).
2014: als Mitautorin: Vielfalt – Bereicherung oder Bedrohung, Ein Multi-Kulti-Lesebuch (Salzburg: Ed. Tandem)
2011: Barbara Naziri: Grüner Himmel über schwarzen Tulpen – Ein west-östlicher Blick hinter den Schleier Irans (Rüsselsheim, Christel-Göttert-Verlag).
2010: Herausgeberin und Co-Autorin von ›antastbar – die Würde des Menschen‹ (Saarbrücken, Dr. Ronald-Henss-Verlag)
1994: (Pseud. Maryam Djoun) Leben im Kalten Paradies (Verlag Theorie und Praxis in Hamburg)
1992: (Pseud. Maryam Djoun) Der Granatapfelbaum (IKW Hildesheim)
Vertreten in diversen Anthologien (z. B. Trümmerseele, Brechungswellen, u.v.a.).
Platz 1 in zwei Wettbewerben: 2008, »Nebelmond« (Füllfederhalter des Grauens) Dr. Ronald Henss-Verlag, Saarbrücken, zum Thema Gruselstories) sowie Lam, der Kindersoldat (Media Mania Magazin 2010 zum Thema Krieg und Terror)

Mehr über die Autorin gibt's unter: barbara-naziri.npage.de

Die Illustratorin

© Janick Khorram

Schirin Khorram ist als Tochter einer deutschen Mutter und eines iranischen Vaters in Oldenburg geboren und aufgewachsen. Die iranischen Wurzeln ihres Vaters, ein offenes Haus mit vielen internationalen Gästen, Musik und Kunst waren für sie die Lebensräume, in denen sich ihre Faszination für unterschiedliche Kulturen und vor allem für Menschen mit ihren Eigenarten entwickeln konnte. 1991 schloss sie ihr Studium an der Hochschule für Künste Bremen als Grafik-Designerin ab. Ihre Schwerpunkte im Studium lagen im Film, in der Fotografie und der Illustration.
Khorram arbeitete in Workshops mit dem Schriftsteller Robert Gernhardt (Cartoons) und der New Yorker Fotografin Nan Goldin. Während des Studiums zog es sie immer mehr zur freien Kunst.
Heute lebt und arbeitet sie als freie Künstlerin im Oldenburger Land.

Veröffentlichungen:
Die Sieben Todsünden, Kulturland Oldenburg

Nominierungen:
Internationaler Friedenspreis 2016 des Stiftes Klosterneuburg/Wien
Kunstpreis 2015, Palais Rastede

Ausstellungen (Auswahl 2017–2020):
St Peter Forum „Mystische Momente oder der Klang der Stille"
Alstertal Forum »Rock Ikonen«, Hamburg
ChaShaMa Gruppenaustellung, New York
Lambertikirche Oldenburg »Die 7 Todsünden«
Das Schlaue Haus in Oldenburg
Beat Club im alten Jadebad Wilhelmshaven
KVN Oldenburg
Ammerland Klinikzentrum
Kutschenwerkstatt Gelsenkirchen-Eisenhütte Augustfehn
Kunstcafe' Gaugin in Marbella, Spanien

Mehr über die Künsterlin gibt's unter: www.schirin-khorram.de